# 反派千金轉職成超級兄控

Akuyaku Reijou, Brother Complex ni Job Change Shimasu.

4



浜千鳥
Chidori Hama

Kadokawa Fantastic Novels

彩頁、內文插畫／八美☆わん

# contents

# characters

## 葉卡堤琳娜・尤爾諾瓦

利奈轉生而成的少女戀愛遊戲
反派千金。
天敵是「過勞死」。

## 阿列克謝・尤爾諾瓦

尤爾諾瓦公爵家的年輕宗主。
葉卡堤琳娜的兄長。

### 米海爾・尤爾古蘭

少女戀愛遊戲的主要攻略對象。
皇國的皇位繼承人。

### 米娜・芙雷

葉卡堤琳娜的女僕。

# 反派千金轉職成超級兄控

Akuyaku Reijou, Brother Complex ni Job Change Shimasu.

### 芙蘿拉・契爾尼

少女戀愛遊戲的女主角。
平民出身的男爵千金。

### 伊凡・尼爾

阿列克謝的侍從兼護衛。

### 弗拉迪米爾・尤爾瑪格那

尤爾瑪格那家的嫡子。

# 第一章 反派千金第一次幫忙跑腿

「葉卡堤琳娜……妳無論如何都要去嗎？」

阿列克謝牽起妹妹的手，語帶悲傷地說著。

「兄長大人，我……」

話才說到一半，看著兄長深深悲嘆的表情，葉卡堤琳娜便顫抖著嘴唇說不下去。她緊緊回握住他的手。

對不起我哪裡都不會去我會一直一直待在兄長大人身邊——

「閣下、大小姐。」

像要強行制止葉卡堤琳娜差點脫口的話般呼喚他們的人，是礦山長艾倫．卡爾。

「只是短短幾天而已。閣下應該也已經同意讓大小姐代您前往山岳神殿一事了。」

阿列克謝的心腹中年紀最小，平常表現比較低調的艾倫，這次態度顯得格外強硬。

「在舊礦山等候的博士……兩位的艾札克叔公大人，若能見到大小姐，想必也是開心不已吧。」

艾倫先生啊，你對叔公大人的愛太深了啦。話雖如此，關於愛太深這點，我跟兄長大人也沒資格說別人就是了。

畢竟這樣悲嘆不捨的互動，都已經是第五次了。

公爵千金葉卡堤琳娜・尤爾諾瓦有著上輩子是日本人，還是過勞死的奔三社畜記憶，她也記得現在的自己是上輩子沉迷的少女戀愛遊戲中的反派千金。現在是暑假期間，她離開了少女戀愛遊戲舞台的魔法學園，回到公爵家的領地。

並跟上輩子最推崇的角色，同時也是現在最愛的兄長阿列克謝上演這齣悲嘆不捨的鬧劇。

事情會演變至此的原委，要追溯回阿列克謝繼承公爵的慶宴，並肅清了反抗阿列克謝的反對勢力之後，經過破曉，迎來嶄新早晨的那時。

那天，葉卡堤琳娜清醒後，儘管因為前一晚發生了許多事情的慶宴而感到疲憊，依舊神清氣爽地起了身。

本來是為了跟兄長一起共進早餐而前往餐廳，但阿列克謝很難得地沒有出現在那裡。不過她從像是代為出現在餐廳，掌管女性傭人的女管家萊莎口中，聽說了揭發反對勢力的犯罪行徑並加以逮捕，以及主謀諾華岱恩伯爵「失蹤」等事情。

還有，同時也解僱了諾華岱恩的爪牙，也就是女僕長安娜。

雖然她沒有提及詳情，但既然是在這個時間點，兩件事不可能毫無關聯。

「這樣啊……謝謝妳告訴我，萊莎。我只擔心妳的工作負擔會變得更重。」

「不敢當，大小姐。安娜確實是位熟練的女僕長，她離開之後的確造成工作上很大的空缺，但大家會一起努力填補起來。」

這麼說著，萊莎揚起泰然的微笑。

這時，兩個年輕的女僕推著餐車過來。發現她們正是昨天幫忙打理慶宴裝扮的那兩個人，葉卡提琳娜也投以微笑。

「昨天謝謝妳們了。多虧有妳們的幫忙，賓客們也都對我讚許有佳。」

其中一個女僕本著很有教養的態度，恭敬地低頭致意。但另一個人則是頓時堆起滿臉笑容，氣勢十足地說：

「大小姐，您昨天真的非常美麗喔！而且閣下對您說的話字字珠璣，我都為之陶醉了！看來就算是平時令人害怕的大人，對妹妹還是很溫柔的呢。」

「多嘴。」

萊莎一瞪，便見她臉上的笑容立刻變成倉皇狼狽的表情。現在也一副快哭出來的樣子。

葉卡堤琳娜苦笑道：

「很高興聽到妳的讚美。不過剛才那樣的發言，以身為尤爾諾瓦家的女僕來說並不恰當。兄長大人是一位優秀的宗主，同時也是領主。倘若他看起來嚴肅，正代表他就是如此竭盡心力地替大家統治這片領地。」

「是……」

那位女僕雖然垂下了頭，但看起來仍不是很明白。

不過這也無可厚非。倒不如說，用令人害怕來形容現在的兄長大人確實比較貼切。

「君主最好受人愛戴與畏懼兩者兼備。若兩者必須取捨，被人畏懼比受人愛戴是安全得多的。」

這是上輩子的名作，馬基維利的《君主論》當中著名的一段。十八歲的兄長大人無論要受到領地內的實權人物們愛戴或畏懼都太過年輕。然而昨晚經歷一舉掃蕩諾華伋恩派系一事，恐怕領地裡那些剛好有來參加慶宴的實權人物們，都會對兄長大人感到畏懼吧。

年紀輕輕，而且繼承爵位後還不到一年的兄長大人，已經成功受人畏懼，著實厲害。

而且馬基維利也確實這麼寫了——人們冒犯自己愛戴的人比畏懼的人更無顧忌。一旦牽扯上利害關係，仁慈以待的恩情也會一刀兩斷。

之所以受到領民們愛戴，是因為兄長大人一直都在保護他們的生活。那不只是恩情而已，也能說帶有利害關係。

然而罔顧公爵職務的老爸那代對某些領地裡握有實權的人物來說也可能相對有利，或許同樣有人會為了保護自己的利益而不惜對抗兄長大人。不過當他們目睹諾華岱恩被毫不留情地擊潰的情景，應該會重新思考是否不該反抗兄長大人吧。

所以我不會說兄長大人其實很溫柔這種話。我想尊敬兄長大人秉持這樣的生存方式。因為那樣的兄長大人才是最棒的呀！

「大小姐，您真的很厲害呢。儘管比我年輕，感覺卻像是年紀大上許多的人士。」

罵不聽的女僕這番話直接為葉卡堤琳娜送上一支漂亮安打。抱歉！內心是個奔三女，真是抱歉！

米娜在不知不覺間站到女僕身邊，面無表情地垂眼看著她。

而輕輕笑了笑的萊莎更是快步走向那位女僕，揪起她的衣襟。

「對您做出這番無禮之言，真的非常抱歉，大小姐。我這個統領女性傭人的女管家在此向您致歉。」

「我沒放在心上。」

雖然葉卡堤琳娜「呵呵呵」地笑了笑，但從今天開始，眼前這位開朗女僕的職場生活恐怕就會變成像是斯巴達式的強化集訓般的日子了。加油。

「兄長大人用過早餐了嗎？我很擔心他的身體狀況。」

「閣下已經用過了。一開始還說不需要，但思及若沒有吃點東西又會讓大小姐擔心，就還是讓人準備了。」

真不愧是妹控兄長大人，有留心自己的健康，太好了。

「這樣呀，真令人開心。晚點我再去向他打聲招呼。」

「在下會替您轉達的。」

目送萊莎強行帶走女僕離去後，於米娜服侍下，葉卡堤琳娜也用過早餐。在等萊莎回來的這段期間，她隔著餐廳的窗戶眺望庭園。

總覺得飄散著一股緊繃的氣氛。這座城堡的氣氛似乎更接近阿列克謝所散發的氛圍了。令人體認到這座尤爾諾瓦城，不，是整片尤爾諾瓦領地完全處於新主人的掌握之中。

接著當萊莎回來時，跟在她身後的一個打雜傭人正抱著大型包裹，說是寄送給大小姐的東西。

聽聞寄件人的名字之後，葉卡堤琳娜便命人立刻拆開包裹，並在看到拆開包裝後出現的東西瞬間感到歡喜不已。

阿列克謝的辦公室呈現忙亂的氣氛。

除了諾華克跟艾倫、財務長欽拜雷，以及騎士團長羅森等心腹成員之外，還有身穿領都警衛隊制服的隊員們進進出出。他們似乎是前來報告從昨晚抓到諾華岱恩派系的人們宅邸中收押的犯罪證據，以及經過偵訊得到的招供內容。

「早安，兄長大人。在你這麼忙時打擾，真是抱歉。」

「早啊，葉卡堤琳娜。我很開心看到妳來。」

阿列克謝揚起微笑。

「聽說即使忙碌，兄長大人還是用了早餐，讓我覺得好高興。唯獨身體健康請務必多加保重。」

「嗯，只要妳希望，我就會這麼做。」

阿列克謝一如往常對妹妹溫柔以待，但這樣的他看在領都警衛隊的隊員眼中只覺得驚愕不已。想必在葉卡堤琳娜到來之前，他應該對遭到逮捕的那些人做出彷彿沒血沒淚般，果斷又嚴苛的處置吧。

嗯——

明明才覺得兄長大人受人畏懼是對的，但只要有我在，可能會讓那份恐懼感變得淡薄。是不是要暫時別跟他太常見面比較好呢？

然而同住一個屋簷下（這個屋簷遼闊得誇張就是了）卻不見面，感覺有點難受耶。

啊，仔細想想，兄長大人在慶宴上也是當著大家的面毫無保留地展現妹控的一面，事到如今或許太遲了吧。

這時，諾華克說道：

「閣下，剛才討論到要去山岳神殿參拜的事情，不妨請大小姐代為前往如何？」

山岳神殿誠如其名，是一座祭拜眾山神的神殿。

這個世界的神明確實存在，只要興致一來就會與人類交流，既會賜予恩寵，也會帶來災厄。

尤爾諾瓦的領地中有好幾座礦山，因此不能惹得眾山神不愉快。眾山神若是給礦山帶來災厄，受害程度將會十分驚人。

為此，尤爾諾瓦公爵家從始祖謝爾蓋那代開始，一直都對山岳神殿抱持深厚的信仰，自然少不了祭神，逢年過節時宗主也都會親自前往參拜。這是尤爾諾瓦公爵的職責之一。

然而前公爵亞歷山大只有在剛繼承爵位時前去山岳神殿參拜過一次。他總是待在皇都的社交圈，過著花天酒地的生活。所以當時都是他的嫡子阿列克謝代為參拜，盡到崇敬眾山神的職責。

但現在阿列克謝繼承公爵爵位後，為了兼顧魔法學園的學業及領都的公爵職務，實在難以抽空前往距離領都需要好幾天日程的山岳神殿參拜。即使如此，他原本依舊打算趁著這個暑假前往參拜。

只是他在暑假之前答應皇帝康斯坦汀，要在暑假後半的時期迎接皇子米海爾到尤爾諾瓦領地避暑，排下款待的日程之後，整個時程都變得相當緊湊。

況且昨天更逮捕了諾華岱恩派系的人，為了收拾善後，或者該說是調整的工作，可能要耗費比預想的更多時間。

在這個狀況下，便更難前往山岳神殿參拜了。

靈光猛然一閃。就連平時也做足周全準備的兄長大人及各位幹部，都要耗費超乎預期的時間所進行的調整究竟為何——我對此有了頭緒。

想必是沒收諾華岱恩他們的爵位及財產，並分配出去對吧！

諾華克先生的爵位應該可以從子爵升格為伯爵。晉升爵位好像就叫進爵吧？

若是要調整這方面的事情，想必會很麻煩。就算分家爵位通常都是由本家進行裁量，但諾華克先生不具備魔力卻得以晉升爵位，應該會格外惹人眼紅。

比起擊潰敵人，當事情發生在想留作同伴的人身上時，更該謹慎處理。要是在嫉妒或眼紅的應對上稍有失誤，後續的影響便會綿延不絕。我非常明白此時必須好好顧全其他人的想法才行。上輩子作為上班族時，為了安撫因為事先交涉的順序而鬧起脾氣的高層，著實費了我好一番功夫。

「我竟能幫上兄長大人的忙，真是開心不已。請務必將這份職責交給我進行。」

雖然葉卡堤琳娜幹勁十足地這麼說，阿列克謝卻顯得一臉不情願。

「但是……尤爾諾瓦領地中多有魔獸出現，途經的山谷一帶甚至還有盜賊等不法之徒。放任嬌弱的妳踏上這趟旅途也太危險了吧。」

不，我一點也不嬌弱。儘管體力確實不怎麼好，卻承襲上輩子的個性而變得比較不拘小節。一旦被人說成嬌弱，那種不是在講自己的不自在感受實在太強烈了。

然而這種話我絕對說不出口！

「閣下，只要沿著幹道就可以抵達山岳神殿了。一路上幾乎不會出現危險的魔獸，這點我想您應該也很明白。」

「既然是身為騎士團貴婦人的大小姐要去參拜，騎士團也會隨行守護。我等不會讓大小姐隻身前往。」

諾華克跟羅森紛紛這麼說。

好難得啊，我還是第一次看到兄長大人被各位心腹一起吐槽。

被大家這樣一講就撇過頭裝作沒聽到，讓人忍不住想說「你是小朋友嗎」的兄長大人，我從來不曾見識過。平常明明總是讓人不禁懷疑「你真的只有十八歲嗎」。

葉卡堤琳娜走向阿列克謝，並牽起兄長的手。

「兄長大人，我想去看看。身為尤爾諾瓦之女的我想親眼看看自家統治的地方，了解當地民情。並希望能藉此助兄長大人一臂之力。」

「閣下，既然您的行程已經如此緊湊，只能拜託大小姐代為前往山岳神殿參拜了。您應該也很明白，代為參拜者必須是地位與閣下相近的人物，否則就是對諸神不敬。」

「……這我知道。」

受到妹妹跟諾華克的連擊，阿列克謝不禁嘆了口氣。接著，他回握葉卡堤琳娜的手。

「抱歉，這全是我的任性。一想到妳要是離開城堡，早上就沒辦法跟妳打招呼……不，即使沒有跟妳交談，即使沒有看見妳的身影，每天當我醒來時，總會想著妳就身在同一座城堡當中。光是如此，我的心便會溫暖起來。所以妳離開這裡真的讓我很難受，會讓我不禁祈願，希望妳能永遠待在我的身邊。」

「兄長大人……」

好我知道了我哪裡都不會——

「請您想想，正因為是您如此珍視的妹妹，讓大小姐代為參拜才具有意義。」

沒受到阿列克謝這番悲嘆影響，諾華克嚴厲地這麼說。

「大小姐若是順利代您前往山岳神殿完成參拜，作為地位僅次於閣下的人，就能說是得到諸神認可了。況且昨晚在慶宴上雖然讓領地內一些重要人物認識大小姐，領民之間依

舊有很多人甚至連閣下有個妹妹都不曉得。請把這次當作是讓更多人認識大小姐的大好機會。」

「大小姐如果要到山岳神殿，也是個可以見到艾札克博士的好機會呢。博士就在舊礦山那邊。大小姐，山岳神殿就在舊礦山旁邊而已。」

艾倫緊接著諾華克這麼說道。這番話讓葉卡堤琳娜忽然想起一件事。

「既然如此，我有個東西想交給艾札克叔公大人。」

想起今天早上才剛收到的那個大型包裹，葉卡堤琳娜說：

「我讓玻璃工坊製作的一個東西，就在剛才收到了。是個希望能在學術研究方面派上用場的物品。」

寄件人是葉戈爾．托馬。他是從完全不同領域的眼鏡工坊，轉職到葉卡堤琳娜為了製作玻璃筆而買下的玻璃工坊的鏡片師傅。

他將在葉卡堤琳娜的請託下製作的改良版顯微鏡寄送過來了。葉卡堤琳娜本來就很想讓享有盛名的學者，也就是叔公艾札克使用顯微鏡，並聽聽看使用上的感想，才會要托馬做出改良版後送到領地這邊來。

「看樣子，我妹妹又做出令人深感興趣的東西了。」

阿列克謝笑著，並摸了摸妹妹的頭髮。

「好吧。既然妳想這麼做，那就麻煩妳代我去山岳神殿參拜，並去見見叔公大人，將那個顯微鏡拿給他。」

「謝謝兄長大人，我很樂意。就算分離兩地，還請兄長大人別忘了我的心永遠都相伴在你身旁。」

「嗯，我就將妳這番話當成心靈支柱，在此等待吧。所以，妳要盡快回來。」

此時阿列克謝雖然這麼說，但在這之後悲嘆的戲碼又反覆上演了四次。

儘管對兄長寂寥的神情感到依依不捨，葉卡堤琳娜終究還是踏上了旅程。

在阿列克謝的目送下，葉卡堤琳娜坐上馬車。當門一關上，伴隨揮下韁繩的聲音，馬車便動了起來。阿列克謝動也不動地直盯著妹妹，葉卡堤琳娜也是直到看不見兄長身影為止都不斷地揮著手。不，就算看不見了，她的手依舊沒有放下。

待馬車都走出城門，她這才停下動作，將手放回腿上。

接著，她大大地嘆了口氣，讓身體深深陷進馬車的椅背中。

……「噗咻」一聲，眼下感覺就像有什麼東西抽離似的，大概是活下去的氣力吧。

嗚哇——！

我這個笨蛋，為什麼要輕易答應啦——！

既然妹控的兄長大人都說我不在會讓他感到寂寞，兄控如我，兄長大人不在身邊當然也會寂寞啊～

每當兄長大人想阻止我，我之所以總會差點脫口而出「好的我不去了」被他挽留下來，不就正是因為這樣嗎！

嗚哇──直到回來之前有好幾天都見不到他耶～同一個屋簷下沒有兄長大人啦～

「大小姐，您覺得身體不舒服嗎？」

啊！對耶！

聽見這莊重的話聲，葉卡堤琳娜才回過神來。她連忙挺直背脊，朝身旁投以微笑。

「讓你看見難堪的一面了，還請見諒，弗利卿。我的身體狀況沒問題，請別掛心。」

沒錯，馬車上還有兄長的心腹，同時也是祖父的摯友──森林農業長弗利共乘同行。

原以為會與礦山長艾倫一同前往，但在阿列克謝跟艾倫談過一些事情之後，他便表示有事要去舊礦山一趟，提前出發了。出發時的艾倫看來有些消沉，或許是礦山那邊發生了什麼狀況。

話雖如此，弗利受到眾山神賞識，又肩負森林農業長的職責，以他的立場來說也該向山岳神表達敬意，因此每當阿列克謝要到山岳神殿參拜時，他總是會同行。

我可要打起精神！振作點啊！

只是離開兄長大人身邊一陣子就覺得寂寞，這副德性怎麼有辦法代理兄長大人的工作？我早就發過誓，未來當兄長大人要肩負起國政，我就必須分擔處理公爵領地的領政，並折斷兄長大人的過勞死旗標吧！

這次代為前往山岳神殿參拜，正是我期盼已久，想多少接下一點兄長大人工作的機會。怎麼可以不提起幹勁去做？

明明是個奔三女，上輩子心血來潮就會隨隨便便獨自踏上旅程吧！

要是加上千金小姐葉卡堤琳娜的人生，豈止是奔三——

啊……論及數字實在太傷，還是不要加上去好了。

總之，明明有這麼大一票人前往參拜，可不能說什麼寂寞。

畢竟光是為了護衛葉卡堤琳娜跟弗利他們搭乘的兩台馬車，就派出了六騎騎士。記得就連皇子米海爾外出時，跟著他的護衛騎士也只有四騎而已。

除此之外，還帶了尤爾諾瓦的獵犬——首領蕾吉娜及其他三頭——跟在葉卡堤琳娜搭乘的馬車後方。

當然，既是女僕又是護衛的戰鬥女僕米娜也一起同行。

……護衛會不會太多了啊？艾倫先生好像只帶了一位同伴就出發的樣子。

兄長大人太操心了啦。但既然是妹控也沒轍吧。

說起來，果然還是應該拜託艾倫先生跟我共乘才對吧？這麼長時間要跟一個孫輩的小丫頭待在一起，弗利先生會不會覺得很難熬啊？

但艾倫好像是單身。讓公爵千金長時間跟一位單身男性共處，是不是也會有所冒犯呢？

「能與你同行，真是不敢當呢，弗利卿。」

聽葉卡堤琳娜這麼一說，弗利那張曬得幾乎接近褐色的臉便笑逐顏開。

「聽大小姐說想學習關於領地的事情，在下感到欣喜不已。」

沒錯。弗利平常不喜歡搭乘馬車旅行，通常不是騎馬就是仰賴徒步。這次之所以會跟葉卡堤琳娜共乘馬車，也是之前她拜託弗利，既然難得同行，希望在旅途中可以聽他說些關於尤爾諾瓦領地的事情。

弗利精通尤爾諾瓦領地的森林及農業大小事。既然有個能與活字典共處的時間，當然得善加運用。

「對一位黛綠年華的千金小姐談起農業什麼的，可說是不知風雅至極的話題就是……」

「不！這對廣大尤爾諾瓦領民的生活來說是最重要的事情，請務必教導我。」

來勢洶洶地搶了話的葉卡堤琳娜，隨即拿出筆記本跟玻璃筆。

從尤爾諾瓦領地主要的產物開始，弗利詳盡地跟我解釋許多事情。

首先是以黑龍杉為代表的木材。皇都幾乎都是石造建築，但內部似乎多半使用木材，其中建材又以尤爾諾瓦的黑龍杉最受信賴。

這麼說來，上輩子江戶時代發生那起著名大火災的相近時期，聽說倫敦也發生了整個城鎮幾乎都受害的嚴重火災。才想說石造建築為什麼會燒成那樣，原來其實有使用木材。就這方面來說，皇國也一樣。

仔細想想，皇都的主幹道非常寬敞，不但具備寬度能讓四輛馬車從容通行的車道（也就是四線車道），道路兩側更有寬闊的人行道，說不定也有著當火災發生時，可以防止火勢延燒的用意。

至於農產品，首先是畜產品。不只有肉，起司、奶油等乳製品也都是在皇都流通的商品。

尤爾諾瓦常有變種的羊或牛誕生，恐怕是混到魔獸的血緣吧。有些性情暴躁的確實很令人傷腦筋，不過也有完全不會生病，或是羊毛帶有細緻光輝、牛奶帶有藥效等引發優異特點的變化。那些性情暴躁的個體一旦融入群體中，要是遇到魔獸襲擊也會挺身保護同伴，因此一個群體當中有一頭這樣的個體也有好處。

何況要是在母牛的群體中加入這樣的個體，不只魔獸，就連公牛也難以靠近這樣的群體，防護力堪比銅牆鐵壁，甚至會讓牧場主人抱頭苦惱不已——也有這樣的狀況。

另外還有果樹，當中以蘋果最多，還有桃子及各式各樣的莓果類等。似乎也有不存在於上輩子概念中的水果。

不過最賺錢的是葡萄，葡萄酒釀造相當興盛。弗利先生滔滔不絕地說著哪一處釀酒廠會產生什麼樣風味的葡萄酒，肯定是個酒豪。

……這方面我就完全聽不懂了。上輩子的我不會喝酒，真是不好意思。

還有一種在這幾年內投注較多精力的變種農產品，就是甜菜。應該說是糖用甜菜。其實皇國現在生產最多砂糖的，就是尤爾諾瓦領了。

皇國使用的砂糖以自南方國家進口為最大宗。雖然受到廣泛使用，但價格遠比上輩子還要貴。

在魔法學園的廚房料理時，雖然用量感覺跟上輩子差不多，但那是因為在全是貴族的名流環境下才有辦法辦到。這麼說來，平民出身的芙蘿拉在使用砂糖時就謹慎多了。像是她擅長做的蘋果派等甜點，也是從母親過世後領養她的男爵夫人食譜中學來的。

南方的尤爾賽恩領似乎是以甘蔗為原料製作砂糖，但產量不大。

在這樣的背景下，發現在寒冷地帶可以栽種的甜菜能當成砂糖的原料，祖父大人跟弗利先生便開始獎勵農民栽培經濟價值高的作物。

嗯，我記得在上輩子的日本，國產砂糖產量最多的也是北海道，原料一樣是甜菜。說到砂糖的原料通常會想到沖繩等地的甘蔗，但農地遼闊的程度依舊無法與北方相比。

尤爾諾瓦領地多山，因此農地面積並不遼闊，但從始祖謝爾蓋公那時開始持續開墾四百年，確實闢出了相當程度的區域。也就是說，那些農地都是有計畫地分配給各種可以支撐領民生活的作物吧。

不過，其實是為了方便理解而說那是「甜菜」啦。

不知為何，那好像「稍微會動」的樣子。

據說「想採收時就會抵抗」，那還算是植物嗎？是曼德拉草嗎？

尤爾諾瓦的森林裡有會四處走動的植物類型魔獸，類似可以作為砂糖原料的大頭菜亞種，而且好像是幼體……

不，正確來說是基於某種理由而無法從幼體長為成體的個體，況且有一定的數量是這種狀況。住在尤爾諾瓦森林的森之民們從古早以前就知道有這樣的東西，並將這當作香甜好吃的野草（這樣形容對嗎？）食用。弗利先生年輕時收下這東西後介紹給祖父大人，祖父大人便要部下進行研究並成功栽種，這才發現可以當成砂糖的原料。

順帶一提，這東西不需要取出種子栽種，只要把甜菜頭的地方（外表就像是大頭菜）

切下來，再將葉子會長出來的地方切碎後種下去，似乎就會從切得相當細碎的地方再長出來……生命力也太強。不過好比說馬鈴薯，我上輩子也曾在隨筆漫畫中讀過將削掉的皮丟在庭院，結果長出新芽並種出馬鈴薯，說不定……就類似那種感覺吧？

整體來說就像是我喜歡的那類計畫。與其說是奇幻……應該說是異世界版的計畫了呢。

但弗利先生跟我說的這些事不但讓我學到很多，也相當有趣。我們在不知不覺間抵達一處小鎮，儘管馬車在我們預計要吃午餐的旅店停下來，然而直到下車前我們完全沉浸在這些話題當中，由此便可見一斑。

「大小姐真是勤於學習，是位與眾不同的千金小姐呢。」

弗利先生雖然笑著這麼說，但他想必是看穿我離開兄長大人身邊會感到寂寞不安，才準備了這些特別有趣的話題吧。

謝謝你這麼顧慮摯友孫女的心情。

吃過午餐並離開小鎮之後，我一邊看著馬車窗外的景色，一邊聽弗利說起那些栽種在這附近的作物的事。

這一帶仍位處北都附近，久遠以前就已經開墾，現在是一座座緩坡丘陵構成的農村地帶。整片像是種植馬鈴薯的綠色田地不斷綿延，另一頭不知道是不是玉米田？可以看見一片高高的繁茂草木。

上輩子的馬鈴薯跟玉米，都是在大航海時代從南美帶到歐洲的作物。皇國這邊的作物也是在距今兩百年前左右，跟「諸神山嶺」另一頭的國家確立貿易關係之後傳來的。

況且……

雖然離田地還有點距離，但就算從遠方看過去，也能看出種植在那裡的葉子都在蠢動著。

「大小姐，那就是甜菜……但似乎有些躁動呢。」

蔬菜……會躁動是吧。

總覺得有點對不起上輩子的甜菜，然而實在沒有其他可以拿來形容的東西了。

不知道那些蔬菜是怎麼動的呢？葉子上總不會有肌肉或是肌腱之類的組織吧。魔獸真是不可思議啊。

但植物類型的魔獸長為成體之後，好像會鑽出地面，窸窸窣窣地步行。甜菜不會長到有辦法走路的地步，好像頂多只會在土中蠢動而已，不可思議的程度還沒那麼高……就當作是這樣吧。

啊啊啊，各種形容詞感覺都好奇怪！

「那個……弗利卿。那應該是種不可思議的作物，在栽培上容易流傳嗎？」

就連上輩子的馬鈴薯跟番茄剛從歐洲傳進來時，大家似乎都懷著警戒心又一頭霧水，遲遲無法廣為流傳。

不對，國外原產的馬鈴薯跟番茄都已經在皇國根深蒂固了，甜菜是尤爾諾瓦原產的，說起來狀況應該不一樣……總覺得好複雜啊！

聽葉卡堤琳娜這麼說，弗利露出苦笑。

「自從有些強硬地在公爵家直轄地導入後已經過了三十年左右，一些佃農們也都已經熟悉了。但過了這麼多年，依舊遲遲無法在小領主等地主間流傳開來。儘管一旦加工成砂糖就可以作為高價商品販售，只要有人種植便能以不錯的價格賣出，但以現況來說，自願栽培的都是有些特殊狀況，必須賺錢的人而已。」

啊～～我就知道。

但或許正因如此，尤爾諾瓦才能幾乎獨占糖用甜菜的生產量吧。

「這也無可厚非，畢竟有許多雜食魔獸很喜歡吃甜菜，因此在靠近魔獸棲息地的地方無法栽種。」

喔，原來如此。上輩子的獸害對農作來說也是一大問題，但對這個世界來說，狀況應該嚴峻到無法比擬的程度。

就在葉卡堤琳娜這麼想著時，馬車停了下來。

「大小姐、弗利卿。突然停下馬車，萬分抱歉。」

在馬車外頭這麼說的人，是率領護衛騎士們的歐雷格．加爾底亞。其實他是尤爾諾瓦城女管家萊莎那對雙胞胎兒子中的哥哥。他們雙胞胎兄弟都有著遺傳自母親的一頭接近黑色的深紫色頭髮以及端正五官，還有一如身為尤爾諾瓦騎士團副團長的父親那般精壯的體格，可說是承襲了父母各自優點的帥氣外貌。

「怎麼了，歐雷格？」

「報告！是這樣的，這附近的人民來向騎士團求助，說是有單眼熊賴在甜菜田搗亂。」

「在城鎮附近的地帶，竟然大白天就發生這種事啊。」

……這就是說曹操，曹操到吧。

那些甜菜會躁動起來，可能是因為有同伴被熊襲擊了吧。

但尤爾諾瓦領的騎士團再怎麼受到領民愛戴，竟然會跑來向正在護衛有著公爵家家徽馬車的騎士求助，要不是相當厚臉皮，就是被逼迫到無計可施了。

葉卡堤琳娜這麼想著，便朝馬車外頭一看，只見村民跪拜在地的身影，於是馬上得出答案——這真的是被逼到極限，別無他法了。那是個看起來疲憊不堪的貧困年老男性。

「大小姐，請稍等一下。」

弗利下了馬車，跟那位男子交談了一陣子。

不久後，他一臉嚴肅地回到馬車這邊來。

「大小姐，那名男子似乎是從其他土地輾轉來到這裡，為了確保跟孫子們一起生活的生計，決意在村子外圍借了一塊田地栽種甜菜。但單眼熊盯上這片遠離村落的田地，想將種植的所有甜菜都吃個精光。」

話說至此，弗利看向那位老人。

「那名男子本來住在內陸地區的村落，從他說話的口音聽來，這並非謊言。但那處村落在六年前遭土石流掩埋，他的兒子與媳婦都因此喪命，家園也毀了，這幾年來流離失所。現在背著一身債務，只能將希望寄託在甜菜上。要是全沒了，他跟孫子們也都會活不下去。」

葉卡堤琳娜倒抽了一口氣。

腦中浮現財務長欽拜雷提供的那份貪汙明細，有許多原本要發給遭遇土石流等災害的村民們的災害救助金或復興資金都被挪用走了。

而這位老人就是其被害者。

「若要在此討伐單眼熊，可能就無法走完今天預定要走的距離……」

「沒關係。助他一臂之力吧。」

葉卡堤琳娜果斷地說，弗利的嘴邊也揚起了一抹笑意。

單眼熊雖然不是那麼高強的魔獸，但騎士們並沒有帶上討伐用的裝備，需要開個作戰會議討論一下。

因此，所有人都來到了可以看見熊的身影的地方。馬車就交給馬夫留在街道上。葉卡堤琳娜則是騎著歐雷格的馬匹行動。

另外，以蕾吉娜為首的尤爾諾瓦獵犬們則為了避免引起單眼熊的警戒，跟馬車一併留在那邊。

單眼熊的體格與上輩子的棕熊相去無幾，但牠的頭莫名細長，是一種臉上瞪著一隻巨大單眼的魔獸。

大概以為沒有人會對牠刀刃相向就囂張了起來，只見牠一屁股坐在田地上，貪婪地大啖著甜菜。被抓起來的甜菜不斷掙扎，用葉子拍打著單眼熊，做出微弱抵抗。看起來莫名可愛。

順帶一提，甜菜被拔起來時好像還會發出「嗶——」的叫聲……莫名可愛。

「牠鼻頭有傷。應該是在跟同族搶地盤時落敗，才會像這樣逃到村落附近來。可能是

因為這樣才飢餓不已吧。」

弗利這麼說道。真不愧是秉持野性生活的現場主義，觀察力非凡。

「這裡是整片平地，視野很好，只要一靠近，應該馬上就會被牠察覺了。」

其中一位騎士抱著雙臂這麼說，歐雷格也點頭認同。

「唔嗯。雖然會破壞四周的田地，還是騎著馬一口氣突擊過去吧。」

「也是呢，先派獵犬拖住牠的腳步，再從各個方向同時衝上前去。」

像這樣在簡易會議上分享各自的看法，感覺相當專業呢，好帥氣。

「那個，各位。」

葉卡堤琳娜有些委婉地開口。

「我具備土屬性魔力。只要將那隻魔獸周遭的土地一口氣往下挖掘，讓牠陷入猶如落到坑洞之中的狀態，是不是就可以不用破壞田地也能靠近了呢？」

「原來如此……」

歐雷格想到一半，便連忙搖了搖頭。

「但是，不能讓千金小姐做這種事情。太危險了。」

「不。兄長大人教過我，貴族的魔力是為了保護民眾不受魔獸等危險的侵擾而存在。況且決定要請各位去討伐那頭魔獸的人正是我。可以的話，我也想盡一己之力。」

我知道騎士們都是討伐魔獸的專家，但現在沒有任何槍砲武器。大家手上的武器是短矛，所以必須靠近到足以傷害魔獸的距離。

光是隔著這麼遠看去，也能感受出單眼熊是個危險的生物。大家要是受傷了，責任便在做出討伐單眼熊這項決定的我身上。是我害他們受傷的。

事到如今，我更加深切地體認到權力伴隨著責任。

如果是我，就能用魔力從遠距離發動攻擊。我也希望能夠活用這股力量。

「當然，我不會做出什麼危險的舉動。就算是從這個位置，魔力也足以攻擊那隻魔獸……這樣還是不行嗎？」

葉卡堤琳娜微微歪過頭之後，歐雷格便閉上了嘴，弗利也輕笑出聲。

「不愧是騎士團的貴婦人，真是一番高潔的話語。大家都對您感激不盡。」

「是！誠摯感激。」

以歐雷格為首，六名騎士都舉起拳頭抵在胸口，朝葉卡堤琳娜低頭致敬。

「尤爾諾瓦騎士團可不能被區區單眼熊耽誤了行程，但要是歐雷格有個萬一，人在尤爾諾瓦城裡的耶利克就會知道。如此一來，也會讓公爵閣下擔心。」

耶利克是歐雷格的雙胞胎弟弟。雖然同樣有著精壯的體魄，卻沒有順從母親的期盼成為騎士，而是以文官身分侍奉尤爾諾瓦家。這兩人之間有著強烈的羈絆，只要其中一人身上發生了什麼狀況，另一人就會感應到。儘管無法對話，但他們似乎確實會察覺到。

這也是歐雷格被選作葉卡堤琳娜護衛的原因之一。要是歐雷格有什麼萬一，代表葉卡堤琳娜正面臨危險的狀況。如此一來便能在第一時間將妹妹的危機傳達給阿列克謝。

而且哥哥歐雷格已婚，弟弟耶利克則是單身。

……上輩子也有聽說過雙胞胎之間的羈絆，不過感覺有點像是都市傳說，並沒有獲得科學上的證實。但在這裡，該說不愧是奇幻世界嗎？只要一句「雖然微弱但有著這樣的魔力」的說明，就能成為毋庸置疑的事實了呢。

但事到如今，我想兄長大人為了確認身在遠方的我是否安全，可說是費盡心力。在沒有手機的這個世界中，他真的在這方面用盡所有辦法。不愧是妹控。

「我就在這裡保護大小姐吧。你們遵照剛才的方式，借用大小姐的力量就是了。」

「大小姐有我保護。」

像是要打斷公爵阿列克謝的心腹弗利的話，跟在葉卡堤琳娜身後半步的女僕米娜一如往常，語氣平淡地說著。

「唔嗯，也是呢。」

弗利之所以沒有展現出絲毫不開心的樣子並點了點頭，應該是知道米娜是戰鬥女僕吧。不過，騎士們因為美人女僕這番忠義之詞而露出笑容。

「能與大小姐一同戰鬥，是我等尤爾諾瓦騎士團的榮譽。」

就這樣，作戰計畫改變了。

所有人都照著討論好的計畫就定位。

葉卡堤琳娜將魔力灌注到土地之中。由於隔著一段距離，她讓魔力像是細線般在土裡流竄，並緩緩聚集到單眼熊的正下方。

應該是感受到葉卡堤琳娜操縱的魔力量及速度，弗利「哦」地低吟了一聲。

葉卡堤琳娜完成準備後點了點頭。這時弗利高舉單手，接著猛地揮下。

與此同時，葉卡堤琳娜一股勁地發動了魔力。

（喝啊——！）

內心這樣振奮氣勢的吶喊，身為一個千金小姐可不能讓他人聽見。但確實很有效。

轟咚！

地面一個震動，一部分的甜菜田陷落而下。土地塵埃緩緩飄起，看起來就像燃起狼煙一般。直到煙塵稍微褪去之後，便能看見被撥開的土都堆在周遭，形成了一個巨大的鼴鼠洞穴似的。

直徑約三公尺，深度推測有十公尺。

現在四處都看不見單眼熊的身影了。

在弗利揮下手時，以此為信號，蕾吉娜帶領的獵犬們從馬車旁邊衝了過來。牠們就像射出的箭矢般飛奔，轉眼間就跑到洞穴旁邊吼叫威嚇著。

「該死的單眼熊，竟然已經要爬上來了。雖然看得見頭，但牠被獵犬一吼，似乎沒辦法出來。」

……隔著這麼遠的距離，弗利先生竟然還能看到啊？野性生活的現場主義也太強了。

而且單眼熊的身體能力也十分強大。牠到底是用多快的速度，爬上那個深達十公尺的垂直坑洞？

但不只是魔獸，上輩子的熊也具備驚人的身體能力。我曾經看過熊跟車子一起跑的影片，但我記得那台車的時速達到四五十公里。如果是魔獸單眼熊，就算是垂直的崖壁，想必也能拿出比人類上樓梯還更快的速度攀爬吧。

啊，看到了。牠以坑洞旁邊堆起的土為盾，為了到外頭來而在觀望四周的狀況。

這時傳來一聲凶猛的吼叫，只見熊朝著蕾吉娜高舉起那粗壯又帶有銳爪的前腳。但那裡突然颳起一陣暴風，將熊伴隨著牠作為盾牌的土堆一起吹回坑洞之中。

葉卡堤琳娜看向弗利，只見他回了一道輕笑。弗利的魔力屬性是風，正是他掀起了那陣強風。

不但發動快速，操縱也很精準，魔力運用起來不愧老練。

單眼熊立刻又爬了上來，趁著獵犬們退開的破綻爬出了坑洞。但這時騎士們也已經抵達了。被手持短矛的騎士們包圍著，熊反而又想逃回坑洞之中。

那可不行——！

葉卡堤琳娜放出魔力，想在坑洞的邊緣築起一道土牆。單眼熊卻試圖強行突破——

於是陷進了土牆之中。

「……」

正確來說，是因為牠在土牆正要從地面上隆起時衝了過去，於是被捲入其中，只有頭跟兩隻前腳衝到土牆的另一邊，胸部以下還留在土牆後方的狀態，就這麼被卡在半空中揮舞著手腳。

是在演短劇嗎！這隻熊這樣賭命搞笑是要怎樣——！

……不過在沒有槍砲武器的狀況下還能阻止這隻熊，魔力真是方便。原來如此，難怪具備魔力者會身處支配階級，也難怪貴族都想擁有強大的魔力。我實際地了解到了。

騎士們不禁苦笑，接著重新振奮起精神，架好短矛。

（啊……！）

下意識地，葉卡堤琳娜瞥開了視線。

我是不是該看到最後呢？因為我有這個責任。但我目不忍睹。

不過，聲音倒是聽見了。

仔細想想……從上輩子起算到現在，這都是我第一次當場目擊斷絕動物性命的那一刻。

不，我不只是在場目擊而已。決定進行這趟討伐的人就是我。就算不是我親自動手，了結那個生命的人還是我。是我奪去了那隻熊的性命。我必須對此有自覺才行。

「大小姐，您覺得身體不舒服嗎？」

立刻察覺主人的樣子不太對勁，米娜這麼搭話道。

「不，沒事。我的身體沒有不舒服。」

葉卡堤琳娜搖了搖頭，卻自覺臉色想必很難看。我這是怎麼了？簡直就像個心思細膩的千金小姐一樣。

這時，米娜伸手環過葉卡堤琳娜的身體，緊緊地抱在懷中。

「我太粗心大意了。一般女性都害怕面對屍體，何況是心地善良的大小姐，當然會更加難受。我應該要先帶您到別的地方去才對。」

「米娜……」

她現在這番話跟行動，總覺得跟兄長大人很像耶。萬一妹控在這個世界真的是一種會透過空氣傳染的疾病，該如何是好啊？

呃，這怎麼可能？我想太多了。

「我真的沒事。而且說害怕面對屍體什麼的，平常吃飯時也都會吃肉呀。我明白這樣說來也很奇怪。」

嗯。絕對不能忘記餐桌上的肉正是生物死亡之後化作的型態。平常都在吃的東西，現在才說剝奪生命太過殘酷，或是感覺很討厭什麼的，就顯得痴人說夢了。

所以怎麼能瞥開視線！雖然這麼心想——

……對不起，我還是不敢直視。這原因用道理也說不通……但我覺得顫抖不已。嗚嗚，實在是太懦弱了。

「那個……各位大人。」

這時傳來一道畏畏縮縮的話聲，葉卡堤琳娜才回過神來。

「非常感謝各位。拜此之賜，剩下的甜菜應該種得起來了。我真的不知道該如何答謝各位才好……」

前來求助的那位老人不斷低頭致謝。葉卡堤琳娜離開米娜的懷抱，對他投以微笑。

「你不用這麼客氣。保護領民是我們的職責。能助你一臂之力，我也覺得很開心。」

「感謝各位，太感謝了……」

老人的雙眼泛起淚光。

弗利這時呵呵地笑了兩聲。

「大小姐，單眼熊全身都可以利用，是很不錯的獵物。毛皮相當結實，可以做成暖和的外套，熊肉也富含營養。更重要的是，牠有著特殊的器官，堆積在那裡頭的液體可以成為優秀恢復藥的原料，能以高價賣出。」

……剛才還在擔心會被熊吃掉，現在就站在吃掉熊的那一方了……真可謂你死我活的關係。

不過原來如此，謝謝弗利先生！

「你之前說過自己背負借債對吧。賣掉單眼熊的錢可以幫助你還款，真是太好了呢。」

正是轉禍為福。人說塞翁失馬，焉知非福。這位經歷了那麼多艱辛的老爺爺，若是能覺得世上還是有好事發生就好了。

然後，若是他往後也繼續栽種甜菜，認真地過活，並按時繳稅，對於當政者來說就是最感激的事情了。

以前愛奴人好像會將狩獵來的獵物當神祭祀，我好像有點能明白那種狀況了。

謝謝你，單眼熊。有人多虧了你的生命才得以活下去。

只見老人連忙搖了搖頭。

「不，怎麼可以……熊是各位大人替我討伐的，這是各位大人的獵物。」

「這是你的喔。你還有孫子吧，讓他們吃吃富含營養的肉吧。」

本應在他的故鄉受災時就提供援助了。雖然為時已晚，也算是一點補償。

「可以給孫子吃點好東西了……感謝各位大人……！」

老人已經泣不成聲。

這時，其他村民們也過來看看狀況。應該是剛才讓熊跌入坑洞時掀起狼煙般的塵埃，才讓他們察覺到的吧。

弗利發現村長也在遠觀的群眾當中，便把他叫了過來。俐落地決定好要如何處理單眼熊，以及如何分配等事情。

毛皮跟恢復藥的原料之類是屬於老人及孫子們的，大量的肉（這隻單眼熊體重推測達兩百公斤）雖然會分給老人一家多一點的份，但也會分給其他村民（在沒有冰箱也沒有冷凍櫃的這個世界來說，這是最佳的決定。不過一部分會做成肉乾就是了），骨頭也是村民們一起分，但頭蓋骨是屬於老人的（似乎可以有效驅逐害獸）等，大致上是這樣分配。

葉卡堤琳娜讚揚了村長一番。畢竟他將空房子租給苦於無家可歸的老人及孫子，還把田地（雖然是像放棄耕作的那種土地）借給他耕種。真是非常富有同情心且溫柔的行為呢，今後也請多多照顧這戶人家，葉卡堤琳娜說道。

不過住家跟田地都不是免費的，因此老爺爺才會苦惱於這筆負債。但這也無可奈何，畢竟村長自己也沒有做慈善的餘裕。

與其戳這點痛處，既然老爺爺跟孫子們往後也要在這裡生活，還是提升一下好感度比較好……何況說到農村跟外來者的關係，便有種只要交惡就會發生慘劇的印象……

村長看起來雖然陷入慌亂，但能得到貴族千金的讚賞似乎還是覺得很開心，應該可以期待往後他會善待老爺爺一家人吧。

老人跟村民都能將熊大卸八塊處理掉，但要取出可以當作恢復藥原料的器官似乎是有訣竅的，因此這就交由騎士們來處理。

「沒能在大小姐面前表現出驍勇善戰的一面，至少讓我們幫點忙吧。」

感覺有點掃興地討伐了單眼熊的歐雷格這麼說，葉卡堤琳娜便搖了搖頭。

「都是多虧大家攜手的行動很流暢，那隻熊才會感到退縮。大家並不是勉強避開危險，而是安全地奪下勝利，這樣的本事讓我深感欽佩。」

雖然最後是以搞笑短劇收場，但各位騎士若是有個破綻，單眼熊與其逃回坑洞，應該就會選擇展開特攻了吧。

比起使出妙招，乍看之下不太起眼的助攻才比較重要。我記得喜歡足球的朋友曾這麼說過。

聽了這番話之後，騎士們再次握拳抵在胸口並行了一禮，就過去幫忙了。

在等他們處理的期間，葉卡堤琳娜將村落外圍那些無法周全照顧到的荒蕪田地，運用土屬性魔力幫忙翻土。同時也能作為自己魔力操縱的練習，可說是一石二鳥。

將魔力注入雜草叢生的空地，並將土從深處崛起。這時整片土地都隆隆地蠢動起來，接著衝破雜草與地面，自黝黑的地下翻起土來，再不斷地揉動一番。

這個世界沒有鬆土機那種東西，因此這是一項吃力的勞動。然而在經過一道道步驟之後，轉眼間變成看起來很鬆軟的土覆蓋在田地上，適合種植作物的農地就這麼完成了。

葉卡堤琳娜揚起滿臉笑容，並呼出一口氣。

有夠累～～但也流了一身舒暢的汗水！

這時，四周揚起一陣歡呼，大家奮力鼓掌起來。

「好厲害～～！貴族大人好厲害喔！」

「感激不盡啊，夫人！」

在旁邊看著的村民們紛紛送上喝采。

……嗯？

「各位鄉親。這一位並不是夫人，而是公爵閣下的妹妹——尤爾諾瓦的公主殿下。」

弗利這麼一說，大家紛紛發出「咦？」的驚呼。

「這、這真是失敬了。因為現在大家都在謠傳，公爵大人帶了一位美麗的夫人回來……」

村長連忙低頭道歉。

那種謠言是從哪裡傳出來的啊？美麗的夫人是指我嗎？說我是兄長大人的夫人？

哎呀討厭，真令人開心。

對兄控來說，這有點正中紅心。

採集完恢復藥所需器官之後，葉卡提琳娜一行人回到幹道上。

在那之前，老人跟村長無論如何都要一行人收下熊肉，老人的孫子們也前來道謝——他們是一對兄妹檔，哥哥認真照顧妹妹的樣子讓人聯想到阿列克謝，也感動了葉卡提琳娜，蕾吉娜等獵犬們也受到村裡孩子的喜愛，不但被團團圍繞著，還因為大家一起吵著說想騎到牠們背上之類，耗掉不少時間就是了。

「公主殿下～～請再來玩喔！」

在孩子們可愛的道別聲中，以及不斷低頭致謝的老人與村長目送下，一行人再次踏上旅程。

往甜菜田看去，只見那些葉子就像在揮手一般不斷地搖擺著。或許是在為拯救它們逃離單眼熊的魔掌而道謝吧。

……但你們最後還是會被收割，並被煮成砂糖吧。抱歉，總覺得真的很抱歉。

啊啊啊，我明明覺得甜菜是一種根莖類蔬菜，卻好像體會到畜牧農家飼養牛豬後送去宰殺的心情，到底是為什麼啊——！

「大小姐，您累不累？」

弗利這麼一問，葉卡堤琳娜這才回過神來。

「不，這種程度我並不累。不過，比預想中花了更多時間呢。是不是要趕緊尋找今晚住宿的地方比較好呢？」

「正要與您報告這件事。」

弗利點了點頭，接著說了出乎意料的話。

「大小姐，要不要到森之民的天幕作客一晚呢？」

「哎呀……」

好棒喔。但突然造訪沒問題嗎？

而且森之民是在森林之中四處移動，居無定所的少數民族。也不知道他們現在停留在哪裡吧。

懷著滿腦子的疑問，葉卡堤琳娜轉頭看向弗利，接著整個人都僵住了。

這可不是要重現某個傳說中高收視率節目的招牌哏！

但弗利先生小心後面，後面啊——！

就在弗利的背後，馬車窗外正有一隻巨大的蜜蜂停在上頭。

那隻蜜蜂的大小跟虎頭蜂可不能相比。上輩子的虎頭蜂大概是成人拇指的大小，但眼前這隻遑論拇指，根本和成人的手掌一樣大。比麻雀還大。

弗利「呵」地笑了笑。

「大小姐請別擔心。外頭那隻是大王蜂的傳令。是森之民的盟友。」

大王蜂是一種魔獸。應該說是魔蟲吧。據說跟森之民之間是共生關係。

所謂共生，以上輩子來說就像是小丑魚跟海葵，還有螞蟻跟蚜蟲之間的關係。

尤爾諾瓦的森林裡棲息著許多強力的魔獸，大王蜂在那當中也占有一席之地。這是因為牠有著就算是熊，刺一下也能打倒的強力毒針，並由具備高度智慧的女王蜂統率整個蜂巢，要是蜂巢或同伴受到威脅，蜂族全體就會有條不紊地對抗外敵。

不知從何時開始，森之民會替受傷的成蟲包紮、提供食物，並庇護起大王蜂、替大王蜂照料蜂巢及卵，作為交換，牠們也會分一些蜂蜜給他們。森之民之所以可以生活在有許多魔獸棲息的危險森林之中，正是因為與大王蜂一起共存。

原來如此。

有許多強大魔獸棲息的尤爾諾瓦山林之中，棕熊尺寸的單眼熊還只是初級篇。森之民竟可以在那裡生活，仔細想想也滿令人費解的。原來是有著這樣的理由。

「大王蜂會在自己的地盤中築起數個蜂巢，女王蜂會四處移動，並在各個蜂巢中產卵、養育。這應該是為了防止一族全滅的智慧。森之民也會在各個蜂巢附近設立居住地，因應大王蜂的需求進行移動。」

「我有耳聞森之民居無定所。原來是基於這樣的理由呀。」

「是的。而其中之一的居住地距離這裡很近。大王蜂的傳令會來到這裡，代表森之民就在附近，並邀請我等前往。」

這樣啊，就跟上輩子的遊牧民族一樣。我在某個地方讀過，他們也是居無定所，並追隨家畜食用的牧草而移動，不過每個季節會居住的據點基本上都是固定的。

「我明白了。」

葉卡堤琳娜點了點頭。

「感謝森之民的一番心意。我非常樂意前去拜訪。前幾天在慶宴上沒有機會好好聊天，我也想趁此機會和奧蘿菈夫人暢聊一番。很高興受到這次的邀請。」

竟然可以去拜訪森之民的居住地，要是錯過這次機會，或許就沒有下次了！超幸運！

就像是尋找祕境的節目裡要去發掘神祕的人一樣。對上輩子喜歡看實境節目的我來說相當感興趣。

聽葉卡堤琳娜這麼說，弗利也露出了笑容。

「能邀請大小姐蒞臨是我等光榮。妻子想必也會很開心。」

他對馬車外頭的傳令蜂揮了揮手，那隻大王蜂便立刻振翅飛去。

離開農村地區之後，道路延伸進森林之中。

夏季的天空還很亮，但隨著太陽漸漸西斜，路樹的陰影也越加深沉。再過不久，應該就會昏暗得無法繼續前進了吧。

……要不是有森之民的邀請，我們說不定就要露宿在森林裡了。

在這個時代、這個世界的這個地方，路途中變更計畫的風險竟是這麼大。我得好好反省了。雖然我也不因此後悔保護了老爺爺的田地。

「大小姐，請別擔心。距離森之民的居住地並不會太遠。」

「這樣呀，那真是太好了。各位的居住地比想像中更靠近村里呢。」

「因為剛才那片農村，過去也曾是一片森林。大王蜂的地盤自古以來都不曾改變。這一帶之所以沒有開墾，反而保留了一片森林，是因為遵守著第五代公爵瓦希里的遺訓。與森之民之間保持交流的瓦希里公，是替我等著想才避免與大王蜂產生爭執吧。而謝爾蓋公希望我就任森林農業長一職，也是為了像這樣守護該守護的森林。」

「原來如此……」

之前就有聽說過，這幾年來為了燃料及建材，採伐森林的速度急遽加快。想保護一片近在村里的森林應該很辛苦吧。上輩子比起環境保護，也是經濟方面的論點比較強勢。

但正因為有著上輩子的知識我才更加明白。這片森林若是能留給未來就能保全生態多樣性、土地保水力，更能防範風災、土石流等災害，有許多優異之處。

「森之民對於植林抱持很大的期待。因為他們也很害怕大王蜂的森林會遭受採伐。見到植林政策漸漸動了起來，大家也都放心了。非常感謝大小姐做了這樣的提議。」

啊，不，這只是鑑於上輩子的知識而已。不好意思，這算詐騙真是抱歉。

「都是多虧了弗利卿用這麼完善的方式實行這件事。除了黑龍杉，還種植了果實可以吃，或能拿來作家具木材的樹，我認為這個點子總有一天會成為領民的救贖。就算希望不要發生飢荒這類事情，但氣候也不會總是這麼理想。」

「是的，誠如大小姐所言。沒想到您雖年輕，卻如此明白事理。」

……都是詐騙啦，真是抱歉～

來到某個地點時，弗利要馬夫停下馬車。葉卡堤琳娜完全看不出哪裡有指標，但似乎是有一條通往森之民居住地的小徑。

一行人下了車後，弗利將馬車引導至道路旁的空地。只是稍微離開了一點距離而已，道路就被樹木遮住看不見了。想必從道路的角度看來，馬車也被遮住看不見吧。

將兩頭馬牽離馬車時，便聽見大型昆蟲的振翅聲。剛才那隻大王蜂的傳令從林木間現身。

不，我也辨識不出大王蜂的個體差異，說不定是別隻傳令。

「大王蜂會代為顧守馬車。我們大家一同前往森之民的居住地吧。」

見大王蜂在馬車車頂停了下來，弗利便跨上牽離馬車的馬匹，在難以辨識的小徑中領隊前進。葉卡堤琳娜再次坐上歐雷格的馬與他共騎，馬夫跟米娜則是騎在另一頭牽離馬車的馬匹上。

森林裡已經相當昏暗。無論上輩子或這輩子，我都不曾在暗夜之中踏入森林。背脊竄起一陣冷顫，想必是發自人類本能的恐懼感吧。

這時，眼前突然亮起了白色光球。

在馬的腳邊，一顆顆白色光球越來越多。

「這是白珠蟲。雖然只有麥粒般大小，但會像這樣散發光輝，因此森之民會在夏夜以此當做照明。」

「真是美麗呢……」

眼前的光景如此奇幻，就像身處於夏夜的夢境一般。

在白珠蟲的引導下，一行人沿著森林裡的小徑前進，不久後便抵達一處寬闊的地方。這裡四處都撐起了色彩鮮豔的大型天幕。

站在天幕前方的女性朝這裡行了一禮。

「大小姐，歡迎蒞臨。」

森之民族長，同時也是弗利妻子的奧蘿菈對著葉卡堤琳娜揚起微笑。

單眼熊的肉成了一份很棒的伴手禮。

森之民提供好幾個天幕給葉卡堤琳娜一行人住宿，希望他們好好休息。森之民通常是好幾個家族住在一起，現在卻為了借宿給自己而不惜寄住到其他天幕中。原本覺得給大家添了這麼大的麻煩，只用肉當作回禮不成敬意，奧蘿菈卻非常開心。森之民好像相當喜愛熊肉。

「吃了可以暖身，還能強健體魄不怕生病。我們會加在湯裡，大小姐也請享用。」

「謝謝。非常感謝各位親切的招待。」

葉卡堤琳娜微微一笑，騎士們也行禮表達謝意。

雖然提議自己可以幫忙準備料理，但奧蘿菈只是笑了笑。正常來說，應該都不認為公爵千金有辦法下廚吧。森之民儘管鮮少待客，不過一旦需要招呼賓客，他們便會毫不吝嗇地款待對方，因此葉卡堤琳娜也不再多說，決定好好享受待在這裡的時光。

葉卡堤琳娜在居住地域四處散步，順便舒緩因為一路搭乘馬車而僵硬的身體。除了女僕米娜，弗利跟歐雷格也跟著一起行動。另外還有蕾吉娜和其他獵犬們。

平常就比較排外的森之民，並沒有向葉卡堤琳娜搭話。但或許是弗利也同行的關係，有些人會投以微笑或是點頭示意，葉卡堤琳娜也對他們回以笑容並點點頭。所有人的身高都很高，大多數人的體格都是結實又纖瘦。就算是男性也留著長頭髮，並有著和髮型相襯的中性臉蛋。再加上居住在森林當中，總會讓人聯想到精靈族——這種上輩子奇幻故事中的經典存在。

這個時段，森之民的女性們都忙於準備晚餐。但似乎也有些家庭是由男性掌廚。不知道是不是因為跟由女王統率的大王蜂處於共生關係帶來的影響，他們似乎不在意性別，而是根據適合與否去分配工作。

嗯——這真是進步到令人意外的程度。甚至不需要男女僱用機會均等法吧。雖然這個村落本來就不需要那種東西就是了。

「大家穿的衣服色彩都很鮮豔呢。」

森之民身上的衣服設計感覺都很古風。出現在上輩子漫畫中的凱爾特民族角色，感覺就穿著這種服裝。上頭有著細緻又精美的刺繡，而且色彩也很鮮豔。

自從來到尤爾諾瓦領地，不時就會對於刺繡之美感到欽佩不已，但這個設計更是獨特又美麗。

看到可愛花卉圖案的刺繡，讓我聯想起芙蘿拉。

這種刺繡感覺很適合芙蘿拉。不知道她最近過得好不好呢？還有皇子也是。

……我不在身邊，不知道兄長大人會不會覺得寂寞呢？距離今天早上他目送我啟程之後都還沒經過一天，一般來說不會寂寞，但兄長大人是妹控啊。

我可是很寂寞喔！因為我是兄控嘛——！

「您這番話確實很像是女性獨有的觀點。森之民在草木染色方面具備優異的知識。那些天幕即使受到風吹雨淋也不會褪色。我從以前就很想學習這項技術並製成商品，在皇都推廣，然而我對服裝一竅不通。」

「這樣的話，請務必讓我幫忙。」

這番話讓葉卡堤琳娜回想起幫忙推廣「天上之青」時的經驗，接著回答。

在這片居住地的角落有一塊小小的田地，上頭種植著作物。雖是居無定所，但也是依循季節移動。如果是生長期較短的夏季蔬果，應該有辦法收成吧。這裡還有種植番茄等外來的作物，會不會是弗利引進來的呢？

而且。

……果然。該說是這裡也有，還是這裡也在才好？

那些正在動來動去的……

「這裡的甜菜，野性比剛才種植在農村的還更強烈一些。」

「……動作也很大呢。」

在角落的那株，前後左右地搖來搖去又動來動去。感覺都快爬出來了。

當我才這麼想。

啊。

嘿。

嘿咻。

……就像這種感覺，兩條甜菜根「啵」、「啵」地爬出地面……

這是怎樣……

「哦哦，剛好就有個未成體爬出來了。」

爬出地面的甜菜儘管用兩條根「站了起來」，卻還是很不穩的樣子。

啊，跌倒了。

「像那樣在幼體狀態就爬出地面動來動去的，由於無法成為成體，因此我們都稱之未成體。就算會在附近走來走去，也不會變成成體，請大小姐放心。」

……我不太懂要對什麼事情感到放心才好。

這時，從別的地方又出現了一個走路的甜菜。這邊的是小步小步地善用兩條根，用稱不上快但滿自然的腳步走著……說是腳步可以嗎，其實是甜菜根就是了。

接著，向那跌倒的甜菜伸出葉子。跌倒的甜菜將自己的葉子疊在對方伸出的葉子上頭，重新站了起來……

……真是美麗的同胞愛……？

後來過來的甜菜，那舉動也太帥氣了……帥哥甜菜……雖然沒有臉……

這時突然從森林裡衝出了一道黑影。那是狗獾嗎？一隻小型犬大小的野獸咬住帥哥（？）甜菜就跑走了。

只聽見「嗶——！」的一聲慘叫。那隻嘴上叼著甜菜的狗獾眼看就要一溜煙地跑回森林——

就在這時，傳出一道劃破半空的風切聲。

「大小姐！」

米娜將葉卡堤琳娜拉到自己身後，騎士歐雷格則是一邊緩緩抽出長劍，一邊向前逼近。獵犬們也發出威嚇的咆哮，但葉卡堤琳娜完全不曉得究竟發生了什麼事情。

不過狗獾看起來就像突然間消失無蹤，叼在嘴上的甜菜也掉落在地面，滾了幾圈。

「米娜、歐雷格，不用擔心。獵犬也冷靜點。只要我們不出手，那東西就不會襲擊人類——葉卡堤琳娜大人，成體出現了。」

「那就是……」

朝著弗利所指的方向看去，葉卡堤琳娜不禁睜大了眼睛。在傍晚——這個時段在上輩子也稱作逢魔之時——一片朱紅餘暉之中，雖然看不清楚位於居住地外圍森林中的那道身影，但輪廓跟田裡的甜菜完全不一樣。

首先，體型相當大。身長大概有兩公尺吧。跟大頭菜一樣圓的部分，覆蓋了像樹皮一般粗糙的皮。粗細大概跟一個成人張手環抱差不多，看起來像身體一般。分成兩條算是腳的部分跟象腿一樣站得很穩。相當於脖子的部位原本長著的葉子，變化成如同利劍一般的刺。

而且還有好幾根像鞭子一樣藤蔓狀的莖（？）摻雜在利劍般的刺之間，伸得長長的搖來晃去。其中一根捲著剛才那隻狗獾，牠無力癱軟的身體就掛在上頭。

「成體會保護幼體，將襲擊甜菜的對象視為自己的糧食。由於成體體內有個堆積消化液的袋子，所以可以消化。」

喔……就像上輩子的豬籠草那樣吧……

「成體跟大王蜂之間有著友好關係，因此不會襲擊森之民。而且居住地附近的個體，正是種在田地的甜菜在返祖現象之下形成的成體，說不定記得以前森之民對自己的照顧。

成體會綻放巨大的花。大王蜂平常不會自己去採蜜，只會派部下的蜜蜂去採集而已，但就只有成體的巨大花，大王蜂會親自去採蜜。這是為了製作特別的王養蜜，用以養育女王蜂。而成體也多虧了大王蜂得以授粉並結果，所以會待在大王蜂的地盤附近。」

王養蜜應該就是蜂王乳吧……甜菜的甜味原來是為了在開花時吸引大王蜂前來啊。若不是像大王蜂的巨大體型，應該也無法幫甜菜授粉吧。

成體緩緩地晃著自己龐大的身軀，慢慢消失在森林深處。

差點被狗獾抓走的甜菜似乎平安無事（？），搖搖晃晃地撐起身子，並讓另一隻甜菜攙扶著。

嗯，我非常明白沒有變成成體就可以放心的意思了。

突然，葉卡提琳娜注意到逢魔之時的森林某處在發光，她定睛一看。

「馬……」

「馬？」

收劍回鞘的歐雷格一臉狐疑地回過頭來。騎士們的愛馬跟馬車的馬匹總共八頭，現在全都拴在居住地中間，悠哉地吃著騎士們跟森之民割來的草。

「那裡好像有匹很大的黑馬。鬃毛還散發著銀光……米娜，妳沒看到嗎？」

「我沒有看到。」

雖然沒有表現在臉上，但米娜感覺也心懷困惑。

弗利換上嚴肅的表情說道。

「大小姐，您該不會是看見『死亡少女』了吧？」

「死亡少女」好像是在森之民間流傳的，傳說中的存在。

外表是一位美麗的少女，然而身上卻穿著染血的壽衣，手上還拿著一把與纖瘦身形不相稱的大鐮刀。據說會騎著一頭銀色鬃毛及尾巴的巨大漆黑馬匹現身。

她並非活人。而是在久遠以前就迎來死期，卻無法安息並一直徬徨於人世的少女。

只要被她的手碰到的一切存在都會絕命。她是為了復仇而選擇被困在死亡之中的，被詛咒的少女。

那是早在大概兩千年以前，這塊土地甚至尚未納入古代亞斯特拉帝國的版圖時候的事情。

她是現今北都所在地為過去部分領地的名門世家的么女。在誠實的父親及溫柔的母親，以及感情要好的哥哥姊姊身邊成長為健康又心地善良的少女。

少女出落得亭亭玉立，但她的姊姊更是一位美女。其美貌遠近馳名，因此上門前來求婚的人絡繹不絕。

但奪走姊姊芳心的人，是當時在這塊土地不斷擴張勢力的其他豪門大族的繼承人。不單單只是個俊俏的年輕人，還有著很大的野心。他用盡花言巧語騙取姊姊的心，讓姊姊對他著迷不已。父親知道對方的家族有多麼貪婪，因此不樂見這門婚事，但還是敗給姊姊熱切的期望，最終仍同意將女兒嫁了過去。

就在婚禮當晚。

新郎一族將新娘一族趕盡殺絕，並搶奪了領地。

新娘的族人為了慶祝這場婚禮，都盛裝打扮聚集在一起。他們在宴席上美酒一杯接著一杯喝，並跟新郎的族人暢談了一番，直到夜深。當大夥全都沉靜地睡去後，新郎一族人拿出藏匿的武器，趁著他們在睡夢中發動襲擊。轉眼間就全殺光了。

新婚之夜過後，領地已經得手的新郎甚至連派不上用場的美麗新娘也殺害了。

少女跟族人一起喪命了。然而她心中懷著太大的悲憤，以至於無法瞑目。她拒絕被死神帶往冥府，並希望替族人報仇雪恨。

死神說，若是拒絕落入冥府，就留在這個世上成為我的人吧。若是接受這個條件，就能實現她的願望。

少女點頭答應死神的條件。於是她便成為觸碰到的所有存在都會絕命的「死亡少女」。

「……在森之民的傳說中，她得到一把大鐮刀，割取了宿敵一族所有人的性命，達成復仇。然而在那之後，她依然受困於死亡，並成為生存下來的死者，永遠只能在人世間徘徊著。」

「真是個悲傷的故事。」

葉卡堤琳娜輕嘆一口氣。

以上輩子來說，「死亡少女」就像黑死病的擬人化一樣。我在書中讀過，東歐的民間傳說中，只要有位手持染血手帕且身穿白色禮服的女性出現在村落入口揮舞手帕，黑死病就會蔓延到村落當中，讓人一個接著一個喪命。

但「死亡少女」在這個世界並非某種事物的擬人化，反而像是實際存在的人物。

「您的意思是，我所看見的是那個『死亡少女』嗎？」

「您或許會覺得這很荒誕無稽吧。不過妻子奧蘿菈在小時候也曾見過『死亡少女』的樣子。」

就在這時，奧蘿菈恰巧現身。

「晚餐已經準備好了。雖然不是多麼豐盛的珍饈，還請各位享用。」

回過神來，太陽已經完全西沉。

被暗夜籠罩的居住地中，到處都飄浮著白珠蟲的光點。感覺就像光的泡泡一樣。

在奧蘿菈的引領下，我們來到在居住地中特別寬敞的天幕。低矮的長木桌上擺放著精心料理的晚餐。料理飄散出帶著些許辛香，並引人食欲的味道。

天幕中也有好幾隻分別裝進籠子裡的白珠蟲，散發出柔和的亮光。

有點像是上輩子的間接照明，感覺很時尚呢。

這裡沒有椅子，森之民便拿了坐墊來給我們。皇國並沒有席地而坐的文化，弗利還很擔心我會不會討厭。但多虧了上輩子日本的記憶，坐墊完全沒問題。

食器幾乎是木製的。不過木盤及器皿的形狀全都很優美，還刻有精緻的雕花，比起簡樸，給人更像是藝術品的印象。湯匙跟叉子也都是木製，並同樣施以講究的精工。餐桌上也四處裝飾著高雅的花卉。

「真是太棒了。各位森之民都有著相當優雅的美學品味呢。如果在公爵家的庭園派對中也能讓賓客使用這樣的食器，大家想必都會很開心吧。」

「很高興聽到您這麼說。這些在大小姐看來應該都是較為奇特的東西，您卻毫無芥蒂地接受，心胸著實寬大。」

不不不，是真的很棒啊。這還有著比陶器更輕的優勢，我是認真想導入立食派對中試試看。雖然皇都的穆拉諾工房製作的玻璃杯盤尚在開發販售通路的階段，但這種風格的商品說不定也能賣給相同客群……

不行不行，我只是受邀的客人，不可以這麼招搖。

但之後還是稍微問問他們對於現金販售有沒有興趣好了。

晚餐以野菜料理為中心。餐桌上還有很多從沒吃過的食材，讓我感到雀躍不已。

原本以為加入熊肉的湯會有股腥味，然而有些害怕地試吃了之後，發現湯裡添加用來去腥的香草起了很大的作用，不但香氣十足還很美味。香草帶著一點酸味，還有著些許的辣味。雖然熊肉吃起來難免還是帶有野味，不過多虧了香草，只會覺得風味比較獨特，而且這口味或許還會讓人上癮。

而且湯裡還加了大頭菜。甜甜的好好吃……嗯？那應該不是大頭菜吧……

我不要再多想了！總之至今吃的所有東西都是寶貴的生命！

謝謝甜菜！謝謝熊！謝謝所有我至今吃過的所有生命！我開動了！

其他還有添加了樹木果實，整體呈現茶色且口感Q彈，類似烤麵包的食物（是用某種果實磨成粉來取代小麥粉揉成麵團，再加上樹木果實拿去烤的樣子）、帶點苦味的樹木嫩芽跟蕈菇一起拿去炙烤的料理、熱呼呼又帶有鬆軟口感的球根食物，以及類似小顆的桃子、樹莓、藍莓、木通果等各式各樣的水果。

這些都是罕見的料理，葉卡堤琳娜吃得津津有味。跟公爵宅邸的豪華餐廳有著不同的氛圍，在森之民的天幕中吃飯可以轉換心情，也吃得很開心。

「大小姐，料理都沒問題嗎？」

「都相當美味喔。也合米娜的胃口嗎？」

「我什麼東西都可以吃。」

由於森之民會負責上菜，因此米娜便在葉卡堤琳娜身邊一起用餐。雖然她堅持要服侍大小姐，但葉卡堤琳娜還是將她拉到自己身邊坐了下來。或許這樣會比較難進行護衛工作，反正有六位騎士和弗利同桌，不用太過擔心才是。希望總是處於工作狀態的米娜，偶爾也能關掉工作模式。

而且森之民也將馬夫當賓客款待，儘管馬夫覺得不敢當，還是在同一張桌子上就座用餐。對森之民來說，身分地位的差異是森林外頭之物，他們並不是很清楚。從上輩子身為庶民的角度看來，可以不用多加顧慮是一件令人十分感激的事。

順帶一提，蕾吉娜等獵犬們則是在天幕外面猛啃著大骨頭。

我一邊擔心吃飯時提起這個話題是不是不太恰當，但還是試著問了關於「死亡少女」的事情。奧蘿菈點了點頭。

「是的，我小時候曾遇見過。我直到現在都還覺得那確實是『死亡少女』。」

當時還是個孩子的奧蘿菈，在迷路時遇見了「死亡少女」。

她本來是去採集蕈菇，結果太過專注，回過神來發現太陽都已經西沉，她頓時不知道自己身處何方。

奧蘿菈很清楚一個小孩子要在這片森林過夜實在太過危險，這讓她不禁哭了出來。

此時，她聽見一道溫柔的話聲。

『怎麼了嗎？』

當她嚇了一跳並朝著話聲傳來的方向看去，只見一位素未謀面的少女站在前方。一頭長長的金髮在夕陽的照耀下，顯得閃閃發亮。

多美麗的姊姊啊。

苗條又纖細，肌膚白皙到彷彿可以透過去一般，巧緻的臉蛋看起來有些寂寞，但同時也帶有清純又優雅的美麗。年紀看起來大概在十五六歲左右吧。

她內心湧上不再是獨自一人的安心感。對少女的美貌看得入迷的同時，奧蘿菈不禁就脫口而出自己迷路的事情。

少女聽聞，便揚起一抹微笑。

『妳是森之民的孩子呀。好啊，我就送妳回到族人的身邊。但是，妳絕對不可以觸碰我喔。』

奧蘿菈直到這時才發現少女手中拿著一把巨大的鐮刀，嚇得後退了幾步。因為她曾聽大人們說過「死亡少女」的事情。

他們說森之民受到「死亡少女」所詛咒。

欺騙並殺害少女族人的仇敵一族雖然滅亡了，但仍有帶著血緣關係的遠親倖存下來，因為害怕少女復仇的怒火而逃進森林。現在的森之民便是其後裔。

但是，在完全天黑前要是沒能回到大家身邊，就一定會被魔獸吃掉。

所以她還是心懷恐懼地跟在少女後頭走了。

就算緊盯著看，也只覺得是一位美麗的少女。

可是一個素未謀面的姊姊出現在這種地方未免太不自然了。她身上白色簡樸的禮服，看起來也沾滿髒汙。這麼說來，「死亡少女」確實是穿著染血的衣服。而且她手上還拿著一把感覺能砍下人頭的大鐮刀。手腕明明那麼纖細，拿起來卻一點也不覺得沉重似的悠然走著。

假使她看來溫柔，但其實是想殺了大家該怎麼辦？

很快地，她們便抵達當時生活的居住地了。少女回過頭，伸手指向那裡。

『快去吧。』

『……姊姊呢？』

少女只是回以微笑。難道她是想獨自留在這片魔獸棲息的森林中生活嗎？

這時，少女身旁出現了一匹巨大的馬。馬一身漆黑，鬃毛跟尾巴都是銀色的，同為銀色的雙眼散發出令人難以想像是馬的冷冽目光。那正是傳說中「死亡少女」所騎的馬。

她果真是「死亡少女」嗎？

她卻救了自己。

無意間奧蘿菈閃過一個念頭，便將裝滿蕈菇的籃子朝她遞了過去。

『謝謝妳。這個給妳。』

『不，不用了。』

奧蘿菈將籃裡的蕈菇朝著搖頭婉拒的少女扔了過去。蕈菇就這麼丟中了下意識想避開的少女。

結果原本新鮮的蕈菇漸漸地變了樣。萎縮之後變得又黑又乾——就這樣失去了生命，徹底死絕。

她果然是「死亡少女」！

奧蘿菈放聲慘叫，一溜煙地逃進了居住地。

「那已經是五十幾年前的事情了，但我直到現在還記憶猶新。」

語畢，奧蘿菈嘆了一口氣。

「奧蘿菈夫人口中的『死亡少女』，聽起來不像是令人害怕的存在呢。」

葉卡堤琳娜這麼一說，奧蘿菈便睜大了雙眼，輕笑出來。

「這樣啊。我小時候覺得遇見『死亡少女』雖然是一件可怕的回憶，卻也為此感到自滿。如果是當時，我應該會把她說得更嚇人吧。然而經過這些時日，當我回想起她說過的每一句話，反而只覺得她是親切地替我引路而已。」

奧蘿菈再次嘆氣。

「當時我那樣做真是太糟糕了。對一個迷路的孩子如此友善的人，我卻以相當失禮的態度對待她。要是有一天能再見面，我想替當時的自己向她道歉。但在那之後就沒有再見過她了。」

「大家都退下吧。」

吃過晚餐之後，弗利這麼一說，騎士們跟馬夫就離開了天幕。

替大家服務的森之民女性們也行了禮後離開。當葉卡堤琳娜為這頓美味的晚餐向她們道謝時，大家回以不只是出於禮貌，而是發自內心的開心笑容。

米娜則是留了下來。雖然一如往常面無表情，但散發出壓根不打算離開葉卡堤琳娜身邊的氣勢，弗利也點頭答應。似乎也沒有要她離開的樣子。

「大小姐，請用。」

奧蘿菈帶著微笑，將裝了像是薄烤餅乾點心的盤子遞了過來。

「這是抹了大王蜂王養蜜的點心。由於本來就是只給女王蜂吃的東西，產量非常稀少，因此鮮少會分給人類。恐怕連皇帝陛下都沒有機會享用吧。這是我等森之民唯一可以款待的奢侈品。」

「哎呀，別這麼說。方才享用的晚餐，每一道都非常美味喔。」

話雖如此，一想到是這麼貴重的東西，還是覺得雀躍不已。

葉卡堤琳娜一放入口中，便感受到酥脆的口感。甜味不會很強，就只有一點點而已。

（啊！）

隔了一拍湧上的感覺，讓葉卡堤琳娜睜大雙眼。

該怎麼說呢，魔力產生了變化。就像投入燃料一般猛然高漲。在討伐單眼熊還有翻土時所消耗的魔力，感覺一口氣就被補滿了。

「像大小姐這樣魔力高強之人，效果也會格外顯著。」

弗利呵呵地笑了笑。

「就算是一般人吃了王養蜜也對身體非常好，同時也有著讓疾病或傷勢以驚人的速度痊癒的功效。但若是讓具備魔力者吃了之後，則能夠提高魔力。」

「哎呀……真是厲害。」

「第五代公爵瓦希里公似乎就將王養蜜稱作『森林祕寶』。」

感覺就像是上輩子的遊戲中常會出現的恢復藥（魔藥）一樣。太厲害了。這裡要不是少女戀愛遊戲而是冒險類型遊戲的世界，可能就會有一群冒險者為了想得到它並蜂擁而至吧。這個世界沒有冒險者真是太好了。

……我都快要忘記這裡是少女戀愛遊戲的世界了……自從來到公爵領地之後，每天都過著跟遊戲劇情無關的日子。感覺都快忘記少女戀愛遊戲的劇情或關卡內容，實在令人害怕。

「大王蜂的女王蜂具有高度智慧，想必明白統治這片土地的是尤爾諾瓦公爵——這個人類世界的道理。每當有公爵家的人物來拜訪森之民居住地時，就會多分一點王養蜜給我們。應該是為了讓人知道自己的價值吧。」

若是如此，女王蜂確實有著高度的智慧。掌握人類的需求並進行推銷，就某方面來說這個銷售做得很成功。

而且也確實奏效了。瓦希里公會保護這片大王蜂的森林，想確保這些王養蜜應該也是原因之一。在這個魔力具備絕大優勢的世界，可以提高魔力的道具可說是無上之寶。何況醫療也尚未發達，既然還具有治療疾病及傷勢的功效，更是祕寶中的至寶。

「……真想讓兄長大人也品嚐看看。」

這句話不禁就脫口而出了。

兄長大人現在在做什麼呢？會不會因為我不在，就工作到很晚呢？有沒有好好吃飯呢？

若是讓他吃了王養蜜，說不定就能折斷過勞死旗標。早知道不要吃，帶回去給他就好了。

啊，但他恐怕會因為身體狀況恢復，反而增加更多工作時間。不行，喝了恢復藥就能再戰二十四小時（註：提神飲料リゲイン的廣告歌詞）已經是昭和的廣告標語，是過去的遺物……呃，但就這個時代來說那是未來嗎？不，這不重要。

嗚哇——兄長大人不在身邊好寂寞喔。

為了讓差點泛淚的葉卡堤琳娜轉移注意力，奧蘿菈說：

「大小姐，您要看看我等森之民傳承下來，與瓦希里公有關的東西嗎？」

「哎呀。好的，請務必讓我過目。」

不行不行，我得注意一點，這並不是可以發揮兄控的好時機。

奧蘿菈從天幕的角落，拿了一個大到可以抱著的木箱過來。那是個帶著長期使用而產生的光澤，表面還刻有細緻雕刻的美麗箱子。木箱的正面分隔出九宮格，九個格子上各自刻了不一樣的植物。

奧蘿菈打開上頭的蓋子，動了動什麼機關後，就聽見喀咚一聲，正面分成九塊的板子打開了一個。奧蘿菈像在玩拼圖一樣，接連將剩下八塊板子移除。

這是機關箱啊。在日本是以箱根的寄木細工（註：一種日本傳統的木工技術）出名，但皇國也有類似的東西。原來森之民連這樣的物品都能做得出來啊。

最後出現了一個淺淺的抽屜，奧蘿菈從中拿出一份老舊書簡並交給我。

「難道這就是兄長大人在慶宴上說的認可證嗎？」

「是的，就是這個。」

摸起來跟一般的紙差不多。明明是大約三百年前就寫下的書簡，墨水卻都沒有變色，看來應該是羊皮紙。在這邊的世界，從我進出阿列克謝的辦公室之後所得到的知識來看，紙在皇國建國時期就已經普及了，不過長久以來，重要文件似乎還是會寫在羊皮紙上。因為羊皮紙比一般紙張更便於長期保存。

既然這是羊皮紙，就能看出瓦希里公認為保護森之民，以及保護這片大王蜂的森林，是一件應當傳承到後世的重要事項。

我攤開書簡讀了起來。

儘管是古風的字體，但寫下的字強而有力。真不愧是尤爾諾瓦歷代公爵當中最著名的賢君瓦希里公，能夠讓人感受到他堅定的意志。文體雖然古典，不過現在正式公文的寫法也是這樣。多虧我在辦公室有接觸到文書方面的事務，才勉強讀得懂。

內容簡潔，有四個要點。

允許森之民居住在尤爾諾瓦領地。

允許森之民在尤爾諾瓦領地內的任何地方皆能通行。

禁止採伐、開墾森之民居住的森林。

同意給予上述特權，相對的，要在各方面讓發明家喬凡尼·迪·桑堤方便行事，且保護其人身安全，提供該者所需的東西。且對公爵家竭盡忠誠。

最後，有道不同的筆跡加寫了一行字表示這份書簡至今仍具效力，並寫上了日期及署名。那是在辦公室曾經看過的，祖父謝爾蓋所寫的字。

……照內容看來，森之民只要提出這份書簡，甚至可以進到尤爾諾瓦城堡來。而且說不定就是為了在需要王養蜜時可以讓他們直接送過來才會這樣寫。

不過這種豐厚的待遇，代價竟是讓喬凡尼·迪·桑堤方便行事啊……總覺得瓦希里公在牽扯到發明家的事情上格外盡心盡力。不過重點應該在於對公爵家的忠誠，以及為了得到王養蜜的煙霧彈就是了。除此之外，在皇國創立專利制度的也是瓦希里公，保護了喬凡尼．迪．桑堤的權利，也是讓他放棄回去祖國的關鍵……總覺得不只是煙霧彈而已耶。

「大小姐，請您看看這個。這是瓦希里公跟發明家的肖像畫。」

「哎呀！竟然有留下發明家的肖像畫嗎？」

完全沒看過耶。這麼說來，發明家迪．桑堤雖然留下了顯赫功績，但關於他是個什麼樣的人，有著什麼樣的外貌，我完全不知道。

接過隨身鏡大小的袖珍畫一看，葉卡堤琳娜差點就笑了出來。

「沒想到……是一位看起來這麼年輕的人物呢。」

奧蘿菈將裝了白珠蟲的籠子放到桌上，讓我可以透過光線看個仔細。跟瓦希里公並肩，身子端正地坐著的發明家，有著一張彷彿稚氣未脫的臉蛋——或者說是長相可愛。帶著淡淡鮭魚粉色的紅髮，再加上檸檬般鮮豔的黃色雙瞳，圓滾滾的大眼讓他更添魅力。雖然臉上長著鬍子，卻不適合到驚人的程度。

上輩子的綜藝節目裡，不知為何偶爾會有女偶像戴假鬍子跳舞，發明家臉上的鬍子就跟那一樣很不自然。哎呀～～因為說是發明家，我就擅自把他的形象跟李奧納多．達文西重疊在一起了。因此以為會看到跟著名自畫像一樣的沉穩大叔，沒想到是鬍子偶像，太出乎意料了。

在他身邊的瓦希里公身材高挑，很有尤爾諾瓦公爵的風範。從精實的體格看得出來有在鍛鍊，兩人之間的落差就跟華嚴瀑布（註：日本三大瀑布之一）一樣大。藍灰色的頭髮跟眼睛帶給人有點嚴肅卻也有點帥氣的印象，年紀大概三十歲左右的瓦希里公，以及迪．桑堤那看似二十幾歲，稚氣未脫的可愛類型——這要是讓上輩子喜歡ＢＬ的朋友看到，想必馬上就會展開妄想了吧。祖先大人，真是不好意思。

「大小姐，接著請看這張。」

奧蘿菈拿了另一張袖珍畫給我，我做好看到稚氣鬍子男的心理準備後，接過來看。

沒有鬍子。

而且穿著女裝的禮服。

感覺跟森之民的風格相似的古風寬鬆款式。雖然頭髮很短但戴著花飾，看起來跟可愛的面容非常相襯。不僅跟瓦希里公牽著手，還像是抱住一般依偎著公爵高挑的身子……

呃……

像是突然想起什麼似的，葉卡堤琳娜翻到袖珍畫背面一看。

上頭有著瓦希里公爵的筆跡如此寫著。

「喬凡娜．迪．桑堤

吾之伴侶。」

喬凡娜是……竟然是女、女性嗎——！

而且還是伴侶——！

葉卡堤琳娜連忙在腦海中回想族譜。

第五代瓦希里公爵跟祖父謝爾蓋一樣，獲賜皇女下嫁。兩人應該是在皇國貴族普遍的適婚期，也就是十八九歲左右結婚的吧。無論是皇都公爵宅邸還是公爵領地的尤爾諾瓦城裡，都還留有年輕貌美的瓦希里公爵夫人的肖像畫。

但我記得那位夫人在婚後幾年就因病早逝了。所幸兩人間育有一名嫡子，瓦希里公也無需再婚，以鰥夫的身分度過後半生。官方是這樣紀錄的。

也就是說，其實在妻子死後過了幾年，他邂逅了一名能夠稱之為伴侶的女性。不過若要正式結婚就必須經過各式各樣的手續，因此他跟在官方紀錄上一輩子都是發明家身分也是男性的喬凡娜小姐並沒有真的結婚，應該只是彼此在心中認定是伴侶。她想必是他唯一一個真心定情的女性。

……太好了，並不是婚外情。

劈頭就先懷疑這件事真是抱歉，瓦希里公。但如果原本是皇女的夫人個性就像那個臭老太婆一樣的話，管他外遇還婚外情，我都會盡全力支持。不過從夫人的肖像畫看來是一位虛幻的美人，應該不會是那種個性。

這就算了……身為青史名留的發明家，喬凡尼・迪・桑堤竟然是一位女性……天啊——超震撼的歷史軼聞！

說真的，對我這個小小歷女來說太香啦！這就是隱沒在歷史背後的真相！就像上輩子有此一說指出上杉謙信其實是女性，我也滿喜歡這種說法的。

「您感到很驚訝嗎？」

奧蘿菈輕笑兩聲，葉卡堤琳娜回過神來點了點頭。

「是啊，那是當然。」

不過，原來如此。我一直百思不得其解，若要人陪同迪・桑堤，找個騎士或森林官明明就比較妥當，為什麼要選擇森之民？原來在背後有著這樣的祕密，那我就能明白了。跟社會大眾沒有交流，而且與公爵家之間有著多重利害關係的森之民，正是既能保守祕密，又能協助發明家的恰當人選。

仔細回想起來，我記得迪・桑堤的功績是從當他……不，當她還待在祖國時，修復了自從亞斯特拉帝國滅亡之後，因為持續了幾百年的戰亂而損失的上下水道，並再次建立相關技術開始。年紀輕輕就達成這項偉業，其名聲傳到第五代宗主瓦希里耳中後，便在他的殷勤招聘之下來到了尤爾諾瓦領地。

不知道她是從什麼時候開始假扮男人的？瓦希里公又是什麼時候發現她的真面目呢？

謎題越來越多啊～

才這麼想，奧蘿菈就朝我遞出了一本老舊的筆記。

「這是當時森之民族長所寫下的手記。族長是一位名為露西歐拉的女性，跟發明家可說是摯友的關係。雖然只是片段內容，但讀過之後應該就能明白整件事的經過了。」

「哇啊，謝謝妳。」

好棒喔，是未知歷史的第一手史料！太令人興奮了。

一翻開，突然就從這樣的內容開始。

『我問她為什麼要假扮成男人？為什麼要賭命從自己的國家逃來這裡？她便答道「要假扮男人是為了拯救父親的性命。但我要是被自己國家發現其實是女人，一定早就被處以火刑了」。』

火刑——！

而且竟然是賭命逃過來的？為了拯救父親性命才扮男裝？情報密度太高了！

啊，但上輩子也有這樣的人。有一位因為扮男裝而被定罪，並處以火刑的少女。

奧爾良的少女——貞德．達爾克。

不知道發明家的祖國……應該說至少在三百年前，是不是也像中世紀天主教會一般壓迫女性呢？

手記上寫的片段情報，再加上奧蘿菈跟弗利從旁補充的內容，讓我幾乎明白發明家的經歷了。

喬凡娜．迪．桑堤出身於城邦亞斯特拉的周邊都市，是個石工師傅的女兒。

一開始也不是將她當成男生，而是作為女生養育。然而她一點女孩子氣也沒有。從小就比男生還強勢，住在附近的男生們都臣服於她，是個成天在外頭跑來跑去，玩得不亦樂乎的男人婆。她從小就很聰明，只是在一旁看大她一歲的哥哥喬凡尼跟父親學寫字而已，反而比哥哥先學會讀書寫字，哥哥也因此對她極為厭惡。

城邦亞斯特拉位處過去亞斯特拉帝國的中心。

就跟羅馬帝國的中心是羅馬的道理一樣吧。雖然羅馬後來成為義大利的首都，但長期以來都是都市國家這點也是一樣。

但是，帝國滅亡後的戰亂相當激烈，書籍被燒光，遺跡也遭到破壞，就算到了那個時候——雖然三百年後的現今亦然——主要城邦之間一天到晚都只顧著戰爭，造成過去盛開的文化文明水準都大幅後退。

不，應該說這個世界普遍認為戰亂是導致文明發展倒退的主因。

如果上輩子的世界跟這個世界，就地球氣候方面來說經歷了同樣變遷的話，我覺得造成文明後退的主要原因其實並非戰亂。戰亂只是其中一個結果，而導致這個結果最大的主因——

應該是從帝國衰退期開始，持續了好幾百年的氣候寒化吧。

根據上輩子的研究，從羅馬帝國衰退期一直到歐洲中世紀，至少有橫跨前半期的時間持續發生氣候寒化的情形。寒害導致農作物歉收，人們陷入飢荒。住在北邊的人們（也就是日耳曼民族）於是捨棄土地南下，為了食物及農地引發爭奪而進到戰亂的時代。別說要發展文化文明了，就連傳承下去的餘裕都沒有，帝國便迎來滅亡。古代進入終焉，自此踏入人稱「黑暗」的中世紀。

同樣的事情，應該也在這個世界發生了吧。

原因當然不只是氣候變遷，但應該也是重大的因素之一。

在上輩子過去的定論中，中世紀文明會沒有什麼發展的原因，在於基督教嚴格地壓迫人們所導致。

但基督教也不是從一開始就這麼嚴格的樣子。

我還滿喜歡一部以七世紀愛爾蘭為舞台，並由修女擔任名偵探的推理作品，主角是個具備律師資格而且獨立的女性，也可以結婚。作者是進行凱爾特研究的學者，因此這在當時應該是有可能的情況。

不過即使是在那部作品中，也有出現基督教越來越嚴格的描述。在那之後，聖職人員不得接觸異性，異端審問、獵巫、一概不承認不符合聖經內容的事情，使得狀況變得越來越緊繃。

因為氣候寒化造成生活失去從容，人們便開始沉迷於宗教，所以才會讓基督教掌握了強大的權力吧。這不是原因，而是結果。

總之就是這樣，儘管這個世界跟上輩子不同，一神教並未成為主流，但歷史上的重大變遷也跟上輩子相去無幾。跟異端審問或獵巫差不多的事情也有，在城邦亞斯特拉附近更是嚴苛。

人型魔物、吸血鬼及狼人之類被視為邪惡的存在，只要跟他們有所牽扯的人，都會被當作墮落的罪人。

與魔物相戀更是墜入邪惡之道。光是傳出與魔物交合的謠言就會被逮捕入獄並進行拷問，要是招供就會被處以火刑。

以前在皇都宅邸擔任過臭老太婆侍女的儂娜，就曾嚷嚷著米娜是汙穢之物的原因，我總算明白了。

與老太婆關係密切的尤爾瑪格那很熱衷於古代亞斯特拉帝國的研究，和城邦亞斯特拉之間也有關聯。弗利先生跟我說，他們若是沒能獲賜皇女下嫁，甚至還會迎娶亞斯特拉名門的千金為妻。在現今的亞斯特拉，就算與魔物有所牽扯也不至於被處以火刑，但聽說依然是遭受歧視的對象。所以尤爾瑪格那也不會僱用帶有魔物血緣之人。

儂娜就是受到這樣的想法感化，才會對帶有魔物血緣的米娜說出那種話吧。

我之所以常被說不諳世事，應該就是因為我不知道這種雖然沒有明言卻普遍認為是常識的事情。我就一直受到監禁嘛。誰知道啊。

而且往後我也沒有要受到這種思想感化的意思，完全沒有！（握拳）

傳說亞斯特拉帝國召喚魔獸的技術之所以會失傳，也是因為這被視為邪惡行為的關係。記載了相關內容的書籍，好像全都被列為焚書的對象了。

但是，魔物跟魔獸究竟是從什麼時候開始被視為邪惡，依然無人知曉的樣子……在亞斯特拉帝國中，使喚魔獸是隨處可見的事情，至於魔物，無論吸血鬼還是狼人，只要有意願（應該說只要有繳稅）甚至都能獲得市民權。

……不過繳稅的吸血鬼有夠超現實。

恐怕魔獸也是受到氣候變遷的影響而變得強大，所以才會造成過大的損害吧。

還有一種說法是，可能在戰亂期間有某個強大的魔物協助從北方侵襲過來的異民族，被那個魔物擊垮的城邦亞斯特拉統治者因為恨之入骨，便斷言「魔物就是邪惡！」的樣子。

話說回來，這樣的觀念竟不只是亞斯特拉，就連周邊城邦……不，甚至影響了地緣關係遙遠的其他國家，散播到各個地方去。

感覺宛如一場大屠殺，在艱辛的時代拿少數派當代罪羔羊，藉以紓解壓力的討人厭作法。

接著再回到喬凡娜小姐。

她雖然身處一天到晚都在打仗的城邦亞斯特拉周邊都市中，大環境下也受到各式各樣的壓迫，卻還是在父親的疼愛下漸漸長大。

父親雖然是粗魯的石工，卻也是位優秀的工匠，縱使面對像是求知欲聚合體的女兒不斷追問「為什麼？為什麼呢？」的攻擊，只要是自己知道的事情，都會很有耐心地奉陪到底教導她。

在社會一片「女人就算有學識也只會帶來害處而已」的風潮之中，父親是喬凡娜最大的理解者，也會陪她嘗試各種靈機一動想到的事情。

在那「靈機一動」當中便包含上下水道的修復技術，實在太厲害了。跑去遭受破壞的遺跡玩耍的喬凡娜理解了其構造，便找父親商量「我覺得這裡原本應該是這樣」、「只要那樣修繕應該就能汲水上來，所以想試試看」之類，身為石工的父親也答應並陪她一起反覆試驗。

對本人來說，感覺只是在玩而已。就像暑假的勞作那樣？跟小學高年級差不多的年紀就能曉悟古代的睿智，天才真的太可怕了。不，剛開始好像也是經歷了一連串的失敗，但花了幾年的時間，理論及技術也漸漸確立下來，直到她十六歲時總算成功了。

十六歲耶。天才實在太可怕了。

她跟哥哥的關係依然很不好。哥哥喬凡尼有著一副常被誤認為女生的秀氣面貌。跟喬凡娜一樣都像媽媽，兄妹倆也很相像。若想成為像父親一樣優秀的石工，他的身材太過纖細，若要研究學問又比不上妹妹喬凡娜，這似乎讓喬凡尼成了一個抱持自卑感的乖僻之人。

母親很疼愛這樣的哥哥，於是在父女以及母子之間，形成了一道鴻溝。

這種情況無論在哪個時代哪個地方都很常見呢。

到了喬凡娜要論及婚嫁的年齡時，戰亂又再次爆發。喬凡娜他們居住的小鎮也被捲入其中，母親因為被流箭射中而喪命。

然而他們一家人還來不及傷心，又有另一波風暴襲來。負責指揮作戰的亞斯特拉貴族發現了經過修繕，並再次有流水通過的上水道，便開始質問城鎮的居民是誰修好的。

這時便有人報出她父親的名字，貴族就將父親帶回亞斯特拉了。

將發明家喬凡娜的父親帶回城邦亞斯特拉的貴族，命令他將遺留在附近的上水道遺跡修復至能拿來使用。野心勃勃的貴族好像是想藉由修復水道的功勞，以彌補率軍卻只留下不理想的戰果，藉此擴張自己的勢力。

父親修好了部分上水道。

然而，大多數都修不好。那些跟在故鄉與女兒一起摸索的遺跡相比，形狀不同、大小不同，而且也有很多地方用了不一樣的技術建造。不明白的事情實在太多了。

他沒有提及女兒。一個十六歲的少女竟能做到至今都沒有任何人能辦到的事情，說出來也不可能有人相信。

更重要的是，顧及女兒的人身安全，也不想讓她跟這件事扯上關係。

上水道要連接起水源以及使用場所才有意義。就算只修好一部分，水還是流不過來。

命令他修復的貴族因為失算而氣憤不已，但也無可奈何。

然而就在這時，出現了一個處於對立關係的其他貴族舉發父親。指控一個沒有學識的石工怎麼可能想得出修復遺跡的技術，並說他肯定是透過跟魔物簽下契約，才會得到這樣的知識。

……葉卡堤琳娜內心暗忖著。如果當時我人在現場，某位格鬥家一定會忙於出場。

『你是在說什麼鬼話啊？』

就算是上輩子的異端審問，目的大多都是為了將富裕的人定罪並沒收財產。正因為可以隨著掌權者的方便隨意利用，所以這個世界也才會產生將「異端」視為一種罪刑的想法吧。

但是，對掌權者來說不過是小糾紛程度的事情，遭受定罪的父親可是要被處以火刑耶。雖然明白把身分較低之人的性命當成祭品進行權力鬥爭，就像歷史上不斷傳承下來的壞習俗一般。是鬧夠了沒啊，這個孽障！

那種舉發根本只是愚蠢的找碴。實際上卻有很多人因為這種愚蠢的找碴而喪命。

父親被帶上法庭，並被質問是怎麼想到上水道遺跡的修復技術。寡言的石工沒辦法在隱瞞女兒的前提下還能流利地進行說明。

留在故鄉的喬凡娜以及哥哥喬凡尼，當然很快就接獲父親遭人舉發的通知。

受到這件事的衝擊，儘管悲嘆不已，喬凡娜還是想找哥哥商量要如何幫助父親。然而哥哥這麼說道：

『開什麼玩笑，誰要因為那種老爸而被捲入麻煩事啊。我才不管。』

後來就帶走家裡所有金錢，從此消聲匿跡。

……這個哥哥真是爛透了。雖然很想說向我們家兄長大人見賢思齊一下，但要給那種人看一眼我都捨不得！

喬凡娜儘管傻眼，但她後來對森之民的族長說，那樣反而讓她不再有一絲迷惘，完全看開了。

她做的第一件事，就是從母親的裁縫箱中拿出剪刀，大把大把剪掉自己的一頭長髮。

接著換上跟自己體格相近的哥哥的衣服，動作俐落地收拾了行囊，穿著帶有兜帽的斗篷就前往亞斯特拉。

在走路的期間，她一直唱著歌，不然就是刻意用咕噥的方式喃喃說話。直到聲音完全啞掉，直到讓人聽不出是女性的聲音為止。

當她抵達法庭時，父親正在接受審判。被問到的事情他幾乎都答不出來，一直保持沉默的父親，恐怕是躲不掉被判有罪的發展了。現場充斥著這樣的氣氛。

喬凡娜衝進了法庭，大聲喊道：

『請等一下！策劃修復那個上水道遺跡的人是我這個兒子，喬凡尼・迪・桑堤！父親是為了保護太過年輕的我才會這麼做！我沒有與任何魔物訂定契約，在此可以詳盡說明，這一切都是觀察與考察後得到的結果！』

喬凡尼提出這幾年來寫下的筆記跟構造素描作為證據。她一股腦地將大量資料倒在法庭的地板上，在遺跡附近玩耍時，靈光一閃想到修復方法的契機、耗費好幾年嘗試過各式各樣的方法，以及反覆經歷失敗並重新挑戰之後，總算成功修復的過程，一一用那沙啞的聲音流暢地陳述出來。比起沉默寡言的父親，好勝的女兒在口才辨給方面更加優異也是理所當然吧。

當她說完之後，現場頓時響起哄堂的掌聲及喝采。對此感到最為驚訝的就是喬凡娜本人了。

坐滿旁聽席的庶民們，每個人都站在為了保護父親而跑來法庭的堅強兒子這一方。大家完全著迷於這個長相跟女生一樣可愛（確實是女生），卻條理分明地說著一番艱澀難懂的話的天才少年。

『請給這個孩子金錢！以及權限！修復水道後，請給我們水吧！』

庶民們紛紛齊聲這麼喊道。

本人完全沒有這個意思，但這就是「發明家喬凡尼・迪・桑堤」誕生的瞬間。

很快地，一切準備工作都在轉眼間就緒，喬凡娜便著手進行修復水道的工程。因為亞斯特拉年輕的統治者當時就在法庭上，他登高一呼，事情便就此決定了。

當然，她一開始是想乘隙跟父親一起逃跑。

萬一被發現是女性，肯定又會被帶去異端審問，而且這次想必會立刻被判有罪。古代亞斯特拉帝國的女性地位很低，幾乎沒有權利可言。帝國滅亡後，到了中世紀又更加受到欺壓，甚至連學習讀書寫字都不被允許。這方面的狀況也跟上輩子的羅馬帝國還有中世紀歐洲一樣。

到了喬凡娜的時代雖然不至於這麼嚴重，但不會有人相信一個少女可以修復古代遺跡。甚至可以保證一定會被認定是借助魔物的力量。但是……

很快地，她就完全投入於以喬凡尼的身分工作的這件事情上。

我想也是！

具備才能的人，就是要做些能夠發揮那份才能的事情才會覺得幸福。

『就算喬凡娜說出自己的想法，大家也只會嗤之以鼻而已。但是，喬凡尼・迪・桑提所說的話，大家都會聽。可以將腦中的想法化為現實。大家會看著我的指示動作，並協力一步步做出一樣的東西。更因此受人感謝、讓人感動……我再也回不去當喬凡娜的日子了。』

她這麼對森之民族長說道。

嗯，我覺得好像能夠理解。

喬凡娜花費三年左右的時間，幾乎解析了所有遺留在城邦亞斯特拉周邊的上下水道遺跡構造，並確立修復技術，傳授於修繕師傅們。不只是重現過去的技術而已，也有很多地方是加入她自己想出來的新方法。水源再次流通於這個城邦，廣場的噴水池也重新冒出湧泉，成為人們休憩的地方。除此之外，她還確立了各式各樣的技術，並被敬稱為發明家。

其名聲更跨越亞斯特拉一帶，遠播到其他國家。

沒想到只要表現得堂堂正正的，其實沒有人會抱持懷疑。成為如此引人注目的人物之後，似乎更沒有人會懷疑她是一位女性。

話雖如此，還是無法放心。這裡距離出生長大的城鎮很近，被人揭發她其實是喬凡娜而不是喬凡尼的危險一直都伴隨左右。

就在這個時候，她收到尤爾古蘭皇國的公爵，瓦希里．尤爾諾瓦的招聘。

『我很憧憬尤爾古蘭。因為，我聽說這個國家有男女都能一起學習的學校。』

喬凡娜小姐，不好意思。那是國家的陷阱⋯⋯

話雖如此，魔法學園（的前身）是在皇國建國後不久所設立。若要很粗略地直接對應上輩子的歐洲歷史，現在應該是近世後期，因此四百年前大概是文藝復興初期？相對於日本的話則是室町時代嗎？

在這樣的時期就男女合校，確實是超先進！

建國之父彼得大帝，我更加尊敬您了！

然而，在得知喬凡尼．迪．桑堤有意接受尤爾諾瓦的招聘時，城邦亞斯特拉的年輕統治者勃然大怒。

他既是庇護喬凡尼的人，也是贊助者。應該覺得身為領民的喬凡尼是自己的所有物吧。喬凡尼不但是身為統治者的自己所中意的人，也很受民眾歡迎，他根本就不打算放手。更重要的是，在那樣的戰亂時代，城邦的水道也可視作軍事機密。熟知亞斯特拉這方面詳情的喬凡尼存在本身就是一項機密。

『竟想離開我的掌心？與其拱手讓人，就算化作一具白骨，我也要你留在我身邊。』

雖然統治者對她說出這樣的話，喬凡娜還是很拚命。被瓦希里任命去鑑定發明家價值的使者目睹她三年來達成的功績，更是下定決心要將發明家帶回到君主身邊。

『不是坐以待斃，就是孤注一擲。我根本連選都不用選。』

喬凡娜似乎沒有任何猶疑。

因此，她擬定了要逃出亞斯特拉的計畫。

至此我忍不住妄想，當時亞斯特拉的統治者如果發現喬凡娜是女性，或者其實抱持這樣的懷疑，「與其拱手讓人……」那句話的意思又會不一樣了。

手記上沒有提及統治者的名字，但根據記載，是一位雖然年輕但很有才幹的人物。瓦希里公當時大概是二十五歲到三十歲左右，說不定那位亞斯特拉的統治者也差不多是這個年紀。兩個地位及能力兼具的男性，在搶奪一位男裝天才美少女喬凡娜小姐……來人啊——！誰快來將這場三角戀拍成電影——！

……但在那之前，這個世界還得先有電影才行。

總之，喬凡娜小姐成功逃離亞斯特拉來到尤爾諾瓦，但過程似乎相當驚險。

完全武裝的警備兵團無論她走到哪裡就會跟到哪裡。嘴上說是要保護發明家喬凡尼．迪．桑提，其實是為了避免她逃跑所做的監視。發明家要同時處理好幾處水道修復的現場，因此每天都會到處奔波。雖然沒有禁止她前往那些地方監工，但除此之外完全不准她外出。

同時也禁止她跟瓦希里公派來的使者見面。儘管可以透過書信聯繫，但信件內容也會遭人檢閱。

在這樣的狀況下之所以還能逃脫成功，是因為出現了一張連喬凡娜他們自己也感到很意外的鬼牌。

哥哥喬凡尼現身在父親面前，擔任與尤爾諾瓦之間的中間人。他說自己缺錢，並要求收取報酬。但最後在喬凡娜逃脫時，他突然出現並引誘追兵朝著反方向而去。

『我很感謝哥哥……不過照他那個人的個性來看，他說缺錢想必也是真的吧。』

妹妹的心情雖然複雜，但還是多虧有哥哥幫忙爭取時間，喬凡娜才逃出了亞斯特拉的城牆之外，跟尤爾諾瓦派來的使者，以及前來迎接發明家到尤爾諾瓦的人會合。

一會合，前來迎接的男人就將她推上馬背，拋下使者與父親，兩人騎著馬使一路狂奔了起來。

『當時不知道追兵什麼時候會發現哥哥是誘餌並往這邊追來，因此這麼做是對的。但那實在太亂來了！』

……每次一講到當時這件事，喬凡娜小姐感覺都很氣憤呢。

不過這若是真的，那確實太亂來了。

畢竟一般要花上七天的路程只花一天就跑完了。

一天跑完七天。

不，這是紀錄有錯吧。我這麼想著並向弗利先生確認了之後，他不加思索地斷言「不，這是事實」。看來這是有可能辦到的事。

不過，說要花上七天是讓馬匹慢慢走，途中不時還會休息一下的普通狀況，騎快馬的話大概是兩天可以抵達的距離。但中途要換好幾隻馬匹，而且要讓馬一直維持在最快速的情況之下（當然也不可能兩個人共乘）才總算能將時間縮短為兩天。

這樣的路程，即使有抄捷徑，還是兩人一直共乘同一匹馬，並在一天之內跑完了。

這世界確實存在能夠辦到這種事的馬。

就是克雷蒙夫魔獸馬。

弗利先生之所以斷言這是有可能的，正是身為謝爾蓋祖父大人摯友的他非常清楚祖父大人的魔獸馬傑菲洛斯的能耐。傑菲洛斯好像也確實有這種能力。

瓦希里公也跟謝爾蓋祖父大人一樣，從當時的克雷蒙夫伯手中獲贈了魔獸馬。

也就是說，從尤爾諾瓦前來迎接發明家的男人，就是瓦希里公本人。

喬凡娜小姐，妳說的對。確實也太亂來了！

三大公爵家的公爵閣下到底在做什麼啊——！

瓦希里公好像是個效率的化身，只要他判斷這麼做最有效率或是最有效果，無論有沒有前例或是否符合常識都會果斷執行的樣子。正因如此，儘管留下足以賢公之稱留名尤爾諾瓦歷史的功績，但對於當時身旁的人來說，就是個在各方面都很傷腦筋的人。

而且喬凡娜小姐直到這時為止，好像幾乎都沒有騎過馬。

初學者光是要騎到馬背上都會因為高度而感到畏縮，而且馬一跑起來還會出乎意料地搖晃，很令人害怕。

即使如此，他卻突然間就狂奔出去。

魔獸馬似乎可以一直維持在一般馬匹盡全力奔馳的速度，這時周遭的景色看起來都會像是片段一般。馬盡全力奔馳大概是時速五十公里吧？不同於上輩子習慣搭車或電車的我，這對喬凡娜小姐來說應該是超乎想像的一次體驗。根據她的說法，雖然從後方緊緊被抱住，但總之非常可怕。不但在跳過跟人差不多高的牆壁時發出哀號，在一個大跳躍越過河川時——

『我就是昏過去了不行嗎！』

就連在那之後過了幾年，跟森之民的族長聊起這段往事時，她依然很氣的樣子。應該說，喬凡娜小姐的確在發飆。妳沒有錯……祖先大人，您做的這是多麼可怕的事啊。

不，我也知道不能被追兵逮到就是了。而且在當時亞斯特拉那一帶，魔獸馬也是被視為異端之類汙穢的存在，所以狀況應該也不太妙。去程時應該是偽裝成普通馬匹，但像這樣一路狂奔就太招搖了，因此一旦啟程，就只能一口氣衝到安全地帶為止才行。

但還是太狠了。

喬凡娜小姐很快就恢復意識，那時兩人騎乘的魔獸馬正悠哉地快步前進。

瓦希里公將馬停了下來之後，好像這麼說了。

『妳是女人吧。真正的發明家在哪裡？』

被他這麼一講，喬凡娜小姐忍不住對他呼了一個巴掌。

『我才不是冒牌貨！我就是發明家，喬凡尼・迪・桑堤！修復水道的人是我，發明捲線機跟起重機等工具的人也是我，是我做的！無論是男是女，我的腦袋貨真價實！』

長年累積下來的滿腔憤恨，再加上疲勞及壓力之類，讓她的情緒一口氣爆發開來，這麼喊完後就大哭了一場的樣子。

這時她連作夢都沒有想到對方竟然就是公爵。那當然是意料不到的事。

『這樣啊。那妳就靠工作表現證明吧。』

並沒有刻意安慰她，只是等喬凡娜小姐冷靜下來之後，瓦希里公很乾脆地這麼說。喬凡娜小姐原本以為對方會回她「少說謊了」、「女人怎麼可能辦得到」那種話，於是驚訝地抬頭看他，但對方回視的眼神就像在說「有什麼好驚訝的」一樣。

『只要是能確實抓到老鼠的貓，管他是公的母的都沒差吧。』

後來，他們順利抵達尤爾古蘭皇國的領地，從前來迎接的一行人口中得知對方正是尤爾諾瓦公爵時，喬凡娜小姐又昏了過去。真心對她深感同情。

據說瓦希里公後來談起這時的喬凡娜小姐，是以「像隻毛髮倒豎的小貓一樣」來形容。就連那記巴掌也像貓拳一樣可愛。真是從容啊～

要是被我打了一巴掌，兄長大人是不是也會這樣想呢？

不……不行！就算只是想像，我也沒辦法打兄長大人巴掌！

相對的，就在想像中摸摸兄長大人的頭好了。再順便抱一下。嘿嘿嘿。

……我是在發什麼蠢。

雖然經歷了這樣的事，但喬凡娜小姐來到尤爾諾瓦領地之後表現相當活躍。

以修復水道遺跡為首，還發明並改良了可以讓礦山工作進行得更有效率的機械及工具。提升高爐等設備的性能。更負責將曾當作戰鬥要塞的尤爾諾瓦城，設計改造成現在這樣洗練的政治行政據點。不但將創新的點子運用在地板暖氣還有嶄新的採光等地方，還負責建築跟監工。簡直有三頭六臂。

曾有段時間，光是要記錄下她隨時想到的點子，就派了四個書記人員跟著她。一股腦地筆記下來之後再匆忙拿去給負責試做的師傅。天才太可怕了。

她的祖國亞斯特拉時不時就會前來交涉要求歸還發明家，當時的皇帝陛下也曾下令為了整個皇國的發展，要發明家前往皇都任職，但全都被瓦希里公給駁回了。

在這樣的狀況下，他想出保護發明家權利的專利制度，並率先作為尤爾諾瓦領地的法令實施。我們家為了發明家做到這種地步了。無論亞斯特拉還是皇國，都先辦到這點再說——大概就是這種感覺吧。

不但實現了先進的制度，還巧妙地當作交涉材料的瓦希里公真是手腕高超。

不過成天哀嚎著還想再做更多事情時間卻不夠用的喬凡娜小姐，完全是工作中毒了。過勞死黃牌。

但她要是工作到廢寢忘食，瓦希里公就會抓著她的頸子扔去床上逼她休息的樣子。還會壓制住鬧著脾氣說還想繼續工作的喬凡娜小姐，強迫她睡覺。

兩人互動這麼親近，卻花了很長一段時間才在一起，這件事時不時就會被森之民的族長拿來揶揄。

「吾之伴侶」。

寫在袖珍畫後方的那句話。

仔細想想，尤爾諾瓦公爵用上「伴侶」這個詞，是相當沉重的一件事。可見瓦希里公是真的相當深愛不但偽造性別，彼此之間的身分差距還有著天壤之別的喬凡娜小姐吧。光是這句話就足以表示這點。

在手記內容即將結束的部分寫到，公爵之位讓給嫡子繼承之後，步入晚年的瓦希里公對喬凡娜小姐求婚了好幾次。只要兩人結婚，喬凡娜小姐就能進入尤爾諾瓦家的陵墓。

皇室跟三大公爵家的墳墓，與其說是一座巨大的陵墓，更像是宛如迷宮的地下墓穴。內部分成許多隔間，代代宗主都會跟其家族放在同一間，長眠在並列著的棺材中。瓦希里公在死後也想跟喬凡娜小姐並肩左右。

但這必須捨棄發明家喬凡尼・迪・桑堤之名，並偽造一個貴族女性的身分才可以。在各方面來說還是相當困難，因此喬凡娜並沒有答應。更重要的是，她覺得很對不起年紀輕輕就辭世的夫人。

不過，她設計了瓦希里公的棺材，並在上頭雕了一隻貓。

貓的旁邊刻印了一句古代亞斯特拉語。意思是「於生於死永不分離」。

「……這件事真令人感到震撼。」

盯著讀完的手記，葉卡堤琳娜感慨地這麼說。

「當時森之民的露西歐拉族長，是喬凡娜小姐的摯友呢。身邊有個可以這樣坦言一切朋友，一定很令人放心。」

「她一開始想必對我們跟大王蜂共生的生存方式感到很驚訝吧。這在她的故鄉亞斯特拉，應該是難以想像的事情。或許正因如此，才更覺得自由。」

奧蘿菈微微一笑。從她這番話當中，感受得出身為現在森之民族長的驕傲。

「我相當明白森之民對我們尤爾諾瓦家來說，是多麼值得信賴的朋友了。無論過去還是現在，各位都幫我們守住了這麼大的祕密。身為尤爾諾瓦之女，我更深刻地了解必須跟兄長大人一起守護這片大王蜂的森林，以及與森之民之間的友誼。」

這應該也是給我看這份手記的目的之一。

我原以為對於尤爾諾瓦公爵家來說，森之民就像是忍者之里或影子軍團的存在，原來彼此之間真的有著深厚的信賴關係。今後也希望可以繼續維持這樣雙贏的局面。

「話說回來，我想問一件事。」

葉卡堤琳娜清了清嗓子。因為手記上寫了上輩子作為日本人無法視而不見的事情。

「森之民……知道森林裡有溫泉嗎？」

「是的。這片居住地也有喔。不過那並不是在室內，可能會讓大小姐很不習慣。」

也、也就是說……

有天然的露天溫泉對吧！

（露天溫泉——！）

葉卡堤琳娜喜孜孜地緩緩泡進了浴池之中，忍不住感嘆地呼出一大口氣。

以日本人的感覺來說，就像世外桃源的祕境溫泉一樣。沿著小河建造，並引入河水調節溫度，以維持在適當的水溫。這肯定是發明家喬凡娜留下來，並在這三百年來都由森之民保護得好好的設備。

為了遮蔽他人視線，在森之民居住的方向設有天幕，但面向小河及天空的地方就沒有。因此可以一邊聽著小河潺潺的水聲，並抬頭仰望滿天星斗。

不誇張，真的棒透了！

映入眼簾的繁星數量跟上輩子的日本相比可是天差地別。夜空中全都是星星，甚至還能看見銀河！

……銀河的真面目，是在銀河系中心方向可以看見的一大群星星對吧。這個世界的這個太陽系，也是位在銀河系的邊緣嗎？這裡究竟是異世界的地球，還是別的行星呢……算了，再想下去都要睡不著了。

「大小姐，在室外洗澡您不會感到害怕嗎？」

跟著進來的米娜這麼問，葉卡提琳娜笑著搖了搖頭。

「非常舒服喔。在戶外清澈的空氣中放鬆地泡澡，實在很棒呢。而且可以跟米娜一起泡澡，也讓我覺得很開心。」

「……會因為跟女僕一起泡澡而感到開心的公爵千金，實在很奇怪。」

「哎呀，好久沒聽妳這樣說了。」

剛開始跟米娜相處時，常被她說「大小姐很奇怪」，但最近很少聽她這樣講了。不知道是我習慣了千金小姐的生活，還是米娜習慣了我的個性。

不過，米娜的腹肌實在太厲害了。就像我在世界田徑比賽裡看過的，站在世界頂端的女性運動員那般結實。

至於我這個反派千金，感覺是有比窩在家都不出門時再稍微緊實了一點，但看起來還是一樣。

我還是有點成長啦，雖然是在不成體統的那方面。要啟程來尤爾諾瓦領之前，在皇都讓設計師卡蜜拉小姐丈量了一下尺寸，結果她開心地對我說「您更有魅力了呢～～」。不，這樣已經很夠了。

這時米娜用一種森之民在洗澡時使用的比較厚的葉子替我刷背，只要搓一搓就會產生黏滑的感覺。據說用這個洗身體的話，肌膚會變得很好。

在這個世界，應該說在皇國來說，大家都很注重入浴、洗臉以及洗手等清潔方面的事情。不只是貴族，我聽芙蘿拉說城鎮中也有提供給庶民的大眾浴場。

上輩子的歐洲，在中世紀及近世這段時期的衛生條件可說是出了名的糟糕。皇國之所以沒發生這樣的狀況，說不定也是多虧喬凡娜小姐修復了上下水道。而且整體的水質也變得更好又豐沛。尤其是森林支援豐富的尤爾諾瓦領，到處都有取之不盡的湧泉。

除此之外，神明好像也起了很大的作用。人們會勤於洗手，似乎是因為如此一來就能得到神明的保護。

醫療神愛乾淨，所以只要勤洗手，就能保護人民免於疾病的折磨。

大家當然都不具備關於細菌的知識，只是基於迷信才會這麼做。但就科學角度來說是正確的！以前透過神諭告訴人們這件事的醫療神，做得好！

「米娜，換我來幫妳刷背。」

「不用。我不能讓大小姐做這種事。」

太冷淡了！我們都坦誠相見了！

就算我鬧脾氣地喊著「不要啦～讓我洗～～」，米娜的防禦還是猶如銅牆鐵壁，轉眼間就自己洗好了。呿。

要是泡太久感覺滿過意不去的，因此洗完之後我很快就起身，到天幕的遮蔽處換上衣服。

至於感到過意不去的點，是因為騎士們都正在溫泉周遭進行戒備。吃飯時也是，大家看起來都很會喝酒的樣子，卻因為還在進行警備工作因此滴酒不沾，真的很抱歉。

「各位，謝謝你們。我已經要去休息了，各位也請進去泡個澡，好好放鬆一下。」

話剛說完，騎士們都背對著我們做出「是！」的回應……各方面來說都真是抱歉。

進到借來當作寢室的天幕之後，便讓米娜梳整了頭髮。來到森之民居住地時，明明是慌忙地下了馬車，米娜卻還是確實地將保養葉卡堤琳娜頭髮及指甲的道具帶了過來。因為裡面放有藍薔薇的髮飾等貴重物品，就這點來說，能放在身邊當然是最好的。

吃飯時是就著坐墊席地而坐，因此我還以為睡覺時會是打地舖，沒想到小歸小，但還是放了一張床在裡頭。

枕頭還有種很好聞的味道。像是檸檬草那樣清爽的香氣。應該有著驅蟲的效果吧。大王蜂不會受到這個味道的影響嗎？但牠們也不會進到天幕裡面來，應該沒差吧。

森之民在香氛方面也有著豐富知識的樣子。如果往後也能活用這點就好了。既能維護森林，也能加強森之民的經濟能力，希望可以留一條就算時代轉變，他們也可以照著自己的方式生活下去的道路。即使這個世界會像上輩子那樣發展，我也希望森之民可以不用經歷那些事情。

躺上床之後，米娜照著奧蘿菈之前說的，將裝進籠子裡的白珠蟲放生到外頭去。在一片漆黑的天幕之中閉上了雙眼，葉卡堤琳娜很快就進入夢鄉。

醒來時，大概是幾點呢？

天幕外頭很亮，但感覺好像還是深夜時分。

——在呼喚我……

我得過去才行。腦中自然產生了這樣的想法，我便起了身。

走下床後，我披上披肩，這時忽然察覺到異狀。

米娜沒有起床。

只要有一點動靜就會醒來的米娜，現在依然躺在同一個天幕裡的另一張床上，沒有醒來的跡象。

即使如此，我還是不覺得害怕。因為我大概知道呼喚我的對象是誰。

我走出了天幕。

外頭沒有任何人在。甚至連蕾吉娜等獵犬們也都縮成一圈，動也不動地在睡覺。

不知不覺間月亮出現了。那是皓皓地散發光輝的滿月。就連滿天的繁星在壓倒性明亮的月光之下，也幾乎都快要看不見。

我看向腳邊。落下一道鮮明的月影。

抬起視線。在滿月底下，一人一馬靜靜地站在眼前。

騎乘者手上拿著的大鐮刀，在月光下綻放光芒。

葉卡堤琳娜相當優雅地以淑女之姿向對方行了禮。

「初次見面。我是葉卡堤琳娜·尤爾諾瓦。人稱死亡少女的您，找我有什麼事嗎？」

少女露出一抹微笑，接著就從巨大的黑馬背上滑著一般下來。

一頭長長的金色直髮柔順地流洩著。苗條纖瘦的身形，小巧的臉蛋看起來有些寂寥，卻很有氣質，十分美麗。

「我叫塞勒涅。」

塞勒涅是在這個世界的神話中，住在月亮上，彈奏著豎琴的美女的名字。以前似乎是個常見的名字，也常在古典文學中看到。

「妳都不會怕我，真令人開心呢。」

「我曾聽奧蘿菈夫人說過關於您的事情。她說您是位會替迷路的孩子指引方向的親切人物。」

而且說真的，我現在有種處在夢境之中的感覺。

米娜、騎士們、森之民，就連獵犬們都沒有從睡夢中清醒，四周的森林也是一片寂靜。這應該是因為塞勒涅所帶來的影響吧。我自己也覺得好像有些麻痺。

「哎呀，真令人開心。很多看到我的人，都會把我說得非常可怕呢。」

塞勒涅靠著馬匹，並將臉頰埋入那銀色的鬃毛裡，一臉陶醉地這麼說。

……這個少女真的在過去殲滅了仇敵一族嗎？

但仔細一看，她穿在身上的白色簡樸禮服，留著深沉黑色的髒汙。死亡少女正如傳說一般，穿著染血的壽衣。

「妳非常聰明呢。都不會靠近我。」

塞勒涅輕聲笑了笑。

她稍微歪過頭看向葉卡堤琳娜，雙眼散發出淡淡的光芒。

「像這樣把妳叫出來，真是不好意思。但是，我覺得妳的靈魂——相當不可思議。我留在這個世上兩千年來，第一次看到像妳這樣的靈魂。跟其他人相比，有點不太一樣。妳是什麼人？」

葉卡堤琳娜大大地倒抽了一口氣。

竟被問了「妳是什麼人」啊。

不好意思，我是反派千金。我可以這樣回答嗎？

不可以。兩千年前沒有少女戀愛遊戲所以她也聽不懂。而且兩千年後的現在，就算在這個世界說起少女戀愛遊戲也沒人知道好嗎。分明這個世界就是少女戀愛遊戲的說——

不，怎樣都好，我還是趕緊回答人家吧。

「我是……」

話說到一半，葉卡堤琳娜一時語塞了。

乾脆說出口吧。

「其實，我有著上輩子的記憶。」

沒想到會有將這麼奇怪的事情對人說出口的一天……

反正對方也是人稱死亡少女，超乎常理的存在嘛！

……被那樣的雙眼看著，我根本無法說謊或是蒙混過去。

「上輩子的記憶。」

塞勒涅重複了一次這句話，接著搖了搖頭。

「也有其他這樣的人。然而妳卻不太一樣。非常引人注目。感覺就像從沒聽過的旋律，或是照耀出不可思議色彩的光輝一樣。有某些東西……跟至今見過的那些人都不一樣。是不是跟這個世界……有些微的矛盾呢？這讓我非常在意，才會像這樣前來見妳。」

天啊。

幾乎被她看穿了……對吧？

「或許……那是因為上輩子的我生活的世界，跟這個世界是不一樣的世界。」

葉卡堤琳娜下定決心說出口的話，讓塞勒涅睜大雙眼。

「不一樣的……世界？」

「首先，上輩子的我生活的世界，歷史進展得比這個世界還要快。這個世界過了幾百年後，應該會變成像上輩子的世界那樣吧。而且，上輩子的世界並沒有魔力存在。是個沒有魔獸，也沒有神明的世界。」

塞勒涅似乎感到啞口無言。她抬頭看向黑馬，用手指捲上銀色的鬃毛，並搖了搖頭。

「……實在難以想像。」

「我想也是呢。」

在沒有神存在的世界中，也不可能有像她這樣，向死神許願並得以留在世間的存在。會有這樣的反應，也是無可厚非。

「妳還有在其他不是這裡的別的世界生活過嗎？」

「沒有——應該說，我不知道。我就只有此生的前一輩子的記憶而已。」

「這樣啊……真不可思議呢。我以為靈魂只會在一個世界上流轉。妳的靈魂相當特殊，所以我才會以為是在許多世界中流轉。靈魂竟然可以從別的世界來到這邊的世界，想必是很罕見的事。造成這樣的原因，妳自己心裡有數嗎？」

唔唔。

雖然是心裡有數，但我自己也對於上輩子那款少女戀愛遊戲跟這個世界之間，究竟有著什麼關係而感到費解。

「我在上輩子的世界中……關於這個世界的……該怎麼說呢……看過描述了關於這個世界的……東西。說不定是因為這樣，才會轉移到這個世界來。」

「描述了這個世界的東西？在妳上輩子的那個世界，有辦法窺視到別的世界嗎？」

「不，並不是這樣。就只是個像故事般的東西。我作夢也沒想到那竟然是實際存在的異世界，還以為是想像中的世界，單純樂在其中罷了。我在皇都就讀的魔法學園有在那個故事中登場，當中也提及了跟我一起學習的同學，像是皇子殿下以及具備聖屬性魔力的朋友。雖然故事中並沒有講到關於這個尤爾諾瓦領的事情……不過，我們稱之玄龍的存在也有登場。在那裡是叫……」

話說到一半，葉卡堤琳娜稍微思考了一下。平常用日語思考的事情，要說出口時自然就會自動轉換成皇國語（而且是大小姐語氣），應該說我只能講出千金葉卡堤琳娜的語彙範圍內的話（多虧如此我也不會開口說出臭老太婆之類的話），所以要將上輩子的話直接說出來反而困難。

「……弗拉德沃倫。故事中也有談及魔龍王弗拉德沃倫之名。」

葉卡堤琳娜這麼一說，塞勒涅的黑馬就離開她的身邊。

突然間湧冒出一陣黑暗，馬的輪廓也跟著崩解。當那比夜晚還更深沉的黑暗幻化成形之後，出現了一個高到我要仰望的男性身影。

「……」

葉卡堤琳娜頓時語塞。

並不是因為馬變成人而感到驚訝。

漆黑的肌膚。一頭及身耀眼的銀色長髮。雙眼也一樣綻放光輝的銀色。整身古代風格的長衣也全是黑的，只在腰帶上有一點銀色的圖樣。

那雙銀色的眼睛朝我看了過來。

這讓我覺得心臟像被緊抓住了一般。

一頭銀髮在月光下閃耀著，簡直就像在頌揚什麼似的。

（上輩子在智慧型手機的螢幕上看見魔龍王時，也覺得那真是個絕世美男子——但完全不能跟親眼看到的「絕世」程度相比！）

漆黑又異樣，卻是絕世的美貌。

這讓我起了雞皮疙瘩。

「妳剛才說了弗拉德沃倫是吧，尤爾諾瓦之女。」

低沉的嗓音彷彿帶有磁力般吸引著聽他說話的人。

「那確實是北王之名。是統治這塊土地上所有魔獸的龍之王。然而，人類不可能會知道其名……妳說那是在上輩子得知的嗎？」

葉卡堤琳娜無法做出回應。只能拚命地不讓自己昏厥倒地。

這……這股壓迫感是怎麼回事？就連在行幸時謁見皇帝陛下的威嚴，都無法和現在所感受到的相比。

對了，將死亡少女留在人世間的是……

『若是拒絕落入冥府，就留在這個世上成為我的人吧。』

死神。

這股壓迫感就是神威啊。

塞勒涅走向死神，死神也伸手溫柔攬過她的肩膀。這讓散發出來的壓迫感稍微減緩了一些，葉卡堤琳娜便嘆了口氣。

「是、是的。我是在上輩子得知其名。」

「……答得好。剛強的女孩。」

死神微微一笑。美貌的笑容就別的意義來說，也具備幾乎讓人昏厥的威力。

「看來是那個故事牽起了妳跟這個世界的緣分，所以妳的靈魂才會轉移到這裡來吧。真是奇妙……為什麼那個故事能夠正確論述其他世界的存在呢？」

「我也不知道理由為何……」

不如說請告訴我吧。

「那我問妳一件事。妳說自己有著上輩子的記憶。現在妳的靈魂之所以呈現這個世界所沒有的色彩，是因為還留有其他世界的記憶。人若是死了會渡過忘川，能夠再次轉世的話，會先忘記一次記憶吧。妳的記憶是什麼時候回想起來的？」

也就是說，在回想起上輩子的記憶之前，就算是從異世界移轉過來的靈魂，也跟其他靈魂分不出差異是嗎……？

「上輩子的記憶是近在幾個月前突然湧現的。第一次造訪剛才提及位於皇都的魔法學園時，突然就像爆發一樣，回想起上輩子的自己。」

葉卡堤琳娜這麼說，死神便點了點頭。

「妳剛才說那所魔法學園當中，有具備聖屬性魔力的朋友吧。或許是創造神有干涉這件事。」

「創造神……是嗎？」

在這個世界的神話當中，創造神是個穿著斗篷，並將兜帽壓得低低的，並手持一把杖的人類形象。

據說在兜帽底下的臉既是雙面，又是無貌，拿在手上的杖綁著兩個鈴鐺，分別是「宿命」及「偶然」。

——創造神揮了揮手杖。宿命或偶然其中一個鈴鐺會響，並從虛無中發出光來。

葉卡堤琳娜讀過的創世神話，都是像這樣開頭的。

創造神揮下手杖，鈴鐺響起，世界就漸漸被創造出來。但絕對不會提及響起的鈴鐺究竟是宿命還是偶然。

創造神似乎不會開口說話。而且，不會跟人類有所牽扯。只會擅自投出宿命或偶然。其他諸神也不會跟創造神扯上關係，在幾個故事中還會制止或責備想對創造神許下願望的人類。

因此，並沒有祭拜創造神的神殿存在。

「對。你們稱為聖屬性的魔力，就跟創造神有所關係。」

死神這麼說。

這、這是什麼意思呢？

不過，聖屬性魔力好厲害啊。芙蘿拉真不愧是女主角。

「說不定是創造神揮下手杖，並在偶然間干涉到妳上輩子生活的世界。而杜撰了妳讀的故事的那個人，在不知情的狀況下窺見具備聖屬性魔力者的宿命，並寫了下來。那讓妳的靈魂產生跟這個世界之間的緣分，靈魂才會轉移……原委可能就是這樣。而且確實很像他會做的事。」

哦哦……所以說是那樣嗎？創作者時不時會一邊說著「降臨了」、「好像打從一開始就完成了一樣」，一邊創作出小說或音樂等作品。那個靈感的真面目說不定是這麼一回事嗎？都源自異世界神明的胡鬧嗎？

「……這些都是不該對人類說的話呢。妳絕對不能跟其他人提及這些，希望創造神不要出現在妳面前，給妳帶來宿命或偶然。」

無論宿命還是偶然，都是絕對無法反抗的事情吧。我會小心的。

「我會銘記在心。那個，我知道自己區區一個人類這樣擔心相當無禮，但對我說出這樣的祕密，會不會給兩位帶來什麼困擾呢？」

宿命、偶然。這該不會是就連神明也無法反抗的吧。

死神輕笑一聲。

「竟然會替神擔心，該說妳不愧是跨越世界的靈魂嗎……不過，任誰都不會知道創造神會怎麼出招。只是，那傢伙已經對我們揮下手杖了。」

葉卡堤琳娜注視著死神與塞勒涅。

「我也不知道那是在哪個時間點發生的事。但崇拜我的人們被塞勒涅的祖先滅亡，我便成了被封印的神。或許就是那個時候吧。代代封印著我的一族的女兒，具備了『冥』屬性魔力誕生於世。」

被封印的神？

這麼說來，這個世界的神與魔只有一線之隔。經常就會有被征服的民族的神淪落到被當魔物對待。

不過，「冥」屬性魔力是什麼？

「由於這是比聖屬性魔力還更不為人知的存在，人類應該不曉得吧。『冥』屬性魔力會給生命及靈魂帶來影響，是成為我的巫女之人應當具備的力量。但在那個時刻來臨之前，這次變成那族人遭受謀殺，塞勒涅便不再是活於世間之人……也說不定，他就是在那個時候揮下了手杖。」

……總覺得想法好像都被看穿了，還是別放在心上吧。對方可是神明呢。

弗利先生告訴我的傳說中，死亡少女是在正要前往冥府時拒絕了死神。

原來塞勒涅小姐本來就是出身自與死神有關的一族啊。

那麼，塞勒涅小姐現在只要觸碰到任何東西都會絕命，並被人稱作死亡少女的原因究竟是——

「……我是自己變成這樣的。雖然我根本不知道自己具備『冥』屬性的魔力，但在被殺害，並漸漸邁向死亡時，那股憤怒及怨恨讓我改變了自己。原本是用來治癒性命及靈魂的溫柔力量也完全扭曲了。」

塞勒涅也像是看透了葉卡堤琳娜的心，這麼說著。

「我們一族的人，全都在那場婚禮的夜晚被被姊姊大人的結婚對象殺害了。被那個一再對姊姊大人傾訴愛意，說會保護她一輩子，說她是比自己的性命更重要的存在的男人殺害了。用那種方式殘殺了看起來是那麼幸福的姊姊大人，在那當下，我就覺得絕對無法原諒那些傢伙。」

葉卡堤琳娜的腦中浮現了亡母的身影。她直到最後還深愛著那個當母親在欺壓媳婦時，從來都沒有保護過妻子的丈夫。

我實在很想給沒能保護母親大人的臭老爸揍個一拳再踹上兩腳……嗯，雖然完全無法跟塞勒涅小姐經歷過的慘劇相比，卻也理解她的想法，因此沒辦法責備她的悲憤。

「但再那樣下去，她應該會成為肉體腐朽的死靈。所以是我將她留下來的。雖然一開始是為了解開封印……但妳沒有答應吧。」

一邊摸著塞勒涅的頭髮，死神露出苦笑。抬頭看著這樣的神，塞勒涅說道：

「你早就自由了。」

「我還被囚禁著……深深囚禁著呢。」

死神這番話，也讓塞勒涅露出微笑。

接著，她看向葉卡堤琳娜，並輕輕笑說。

「雖然是這副德性，但我很幸福，說起來也奇怪吧。唯獨無法觸碰鮮花這件事讓我感到很悲傷，然而真的很幸福。」

是啊，只要她一觸碰，就算是鮮花也會枯萎。

忽然間，葉卡堤琳娜靈光一閃。

「很抱歉，請兩位稍等我一下。」

快步回到天幕之後，打開米娜的道具箱一找，馬上就看到了。

藍薔薇的髮飾。

抱歉，雷夫，你親切地做給我的東西，我卻這麼自作主張。

「塞勒涅小姐，請收下。這是不會枯萎的花。」

「哎呀！」

葉卡堤琳娜將髮飾高高舉起，塞勒涅看著那在月光下閃耀的藍薔薇玻璃精工，不禁睜大了雙眼。請葉卡堤琳娜將髮飾放在地上後，塞勒涅便畏畏縮縮地伸手撿了起來。

看著即使放在她手中也依然美麗的花，她的表情都明亮了起來。

「不會枯萎……真的是不會枯萎的花……太美了……」

接著抬頭看向死神，塞勒涅將手中的薔薇遞了過去。

「你還記得嗎？我還活著時，每天都會摘花扔進封印著你的廟裡。我想著不知道你會不會覺得寂寞。」

「我當然記得。」

死神輕輕從塞勒涅的手中拿起藍薔薇。

接著，替她戴在那頭長長的金髮上。

與死神對視了之後，塞勒涅露出淺淺微笑。

「葉卡堤琳娜，真的很謝謝妳。」

「尤爾諾瓦之女，我也向妳道謝。我終將答謝妳這番恩義。」

聽他們這樣說，葉卡堤琳娜便笑著搖了搖頭。

「請別在放心上。只要兩位覺得開心，我也會感到很高興。」

死神用那副絕世的美貌笑著說。

「妳真的不懂啊。憑藉人身給予神明恩義並非小事。未來，創造神或許會對妳揮下手杖。到時候，妳記得回想起來就是了。」

那一夜，阿列克謝比平常還要晚就寢。

會這麼晚睡，是因為費了點時間在處理工作。不，正確來說並不是忙於工作本身，而是忙於應對在工作結束後硬闖上門來的人。

除了諾華岱恩，其他在父親亞歷山大那一代犯下弊案的人全被逮捕的事情，已經傳得眾所皆知。因此不難想像接下來的處置就是要沒收他們的爵位跟財產，並進行妥當的分配。

很快地，就有許多人為此蜂擁而至。

訴求希望可以給自己爵位、財產的陳情者們。大家的說法五花八門。像是久遠以前祖先的功績、現在有多貧困，還有在前公爵時代經歷過不合理對待等等。

無論本人口中的理由為何，真正的理由都是欲望。

他們並沒有對阿列克謝的領政做出任何貢獻，只會提出自己的要求。阿列克謝會覺得他們厚顏無恥並感到厭惡也是無可厚非。

但諾華克說，不該讓他們吃閉門羹。

「如果是謝爾蓋公，想必會將他們的話全都聽過一輪吧。因為這是一個可以確認實際情況，進而掌控他們的好機會。」

祖父謝爾蓋不單單只是一位品格高尚的人物，也有著策士的一面。只是品格高尚的話，無法成為統治者。

阿列克謝點了點頭。

「如果是祖父大人，只要有正當的理由就會給予對方救贖吧。即使不是這樣，只要有派得上用場的地方，就可以安置在妥當之處。」

諾華克滿意地笑了笑。

「正是如此。閣下也越來越像謝爾蓋公了。」

「不，我只是猜想如果是葉卡堤琳娜，她會怎麼回答而已。如果是那孩子，想必能說出更體貼的話……像祖父大人的，終究還是她。」

阿列克謝雖然露出苦笑，但諾華克依然是一副滿意的表情。

如果是以前的阿列克謝，就算聽了陳情者們的訴求，或許也只會說出棄他們於不顧般的回應。正因為事前和諾華克有過這樣一段對話，才會做出相對平和的應對。至於遭受諾華岱恩行為而蒙受金錢損失的人，也會在確認過損害程度之後進行補償。

這就是傳出「沒想到閣下是個會聽人陳情的人物」這樣評價的原委。

話雖如此，聽取陳情的時間也讓人感到相當疲憊。能給出想要爵位的正當理由的人，相對少數。要去聽那些不合邏輯的話，對理性派的阿列克謝來說只是一場苦行。

晚餐時間，更是深切體認到葉卡堤琳娜不在身邊的現實。聽不見每當兄長露出疲憊的模樣，都會馬上注意到的妹妹體貼溫柔的聲音。

正因為知道尤爾諾瓦城會因為被欲望蒙蔽的陳情搞得烏煙瘴氣，才同意讓葉卡堤琳娜以代為前往山岳神殿參拜的理由遠離這些事情。自從祖父辭世之後，自己長年以來都是在不曉得家族親情為何物的狀況下活過來的。

總覺得自己越來越軟弱了。

可能是想著這種事情入睡的關係，才會作了這樣的夢。

——阿列克謝在巨大的建築物中徬徨。

他知道自己正身處夢境之中。從很久以前開始，時不時就會作這樣的夢。

在這場夢中，他還是個小孩子，不知為何身穿正裝。

四周是沉甸甸的深灰色，景象模糊。階梯、走廊應該在那，卻晃動著搖擺不定。

這裡是哪裡？現在是幾點？自己只能在不確定的夢境中，不斷尋找某個東西。

胸口湧上一股疼痛。

只要發現那個在尋找的東西，就可以治癒這股疼痛。明知如此，阿列克謝卻發現就連自己在找什麼都不知道，只能茫然地佇立在原地。

四下無人。

空無一物。

一點聲響都沒有。

這裡是多麼空虛啊。

他只能在一如往常的夢境中不斷徘徊。無論怎麼尋找，都找不到任何東西……

就在這時。

「兄長大人！」

原本空虛的世界中，傳出一道聲響。

「是我！葉卡提琳娜在這裡呀！」

阿列克謝回過頭。

在灰色的世界中唯一的色彩，身穿闇夜色禮服，並盤起一頭藍髮的少女現身眼前。

是她在慶宴上那身動人的打扮，優雅地拎著貼身的裙襬，盡全力朝這邊跑了過來。一臉笑得幸福的她，散發出猶如銀河般朦朧的光輝。

闇夜女王帶著繁星前來。

「葉卡堤琳娜——」

阿列克謝張開雙臂，葉卡堤琳娜沒有一絲遲疑就撲進他的懷裡。

「兄長大人，我好想你啊！」

「葉卡堤琳娜。」

阿列克謝緊抱著妹妹。

原本是小孩的模樣，現在卻變成與現實相同的十八歲身影。

「葉卡堤琳娜……葉卡堤琳娜。」

「兄長大人。」

抬頭看著兄長，葉卡堤琳娜臉上擠滿開朗的微笑。

「這裡是我的夢中。明明總是個空蕩蕩的世界，妳為什麼會出現在這裡？」

「我也不清楚。但剛好有場機緣，我將某個東西獻給古老的神明。那讓祂感到相當欣喜，說不定是因此才實現了我很想跟兄長大人見面的願望。」

「神明？山岳神嗎？」

「不，是別的神明。」

搖了搖頭，葉卡堤琳娜露出惡作劇般的神情。

「兄長大人，今晚我不在你身邊，有讓你感到寂寞嗎？」

聽了這句話，阿列克謝將手抵上胸口。

「這樣啊。原來這裡會覺得痛是因為……」

是因為寂寞。

葉卡堤琳娜微微歪過了頭，一臉擔心的樣子，將手疊在阿列克謝的手上。

「你已經寂寞了那麼久，甚至不曉得那就是寂寞了嗎？」

「或許……是這樣吧。自從祖父大人過世，直到跟妳相見之前，我覺得自己心裡一直惦記著這份痛楚。」

這麼低喃著，阿列克謝環視了四周。原本朦朧著一片灰色的世界，在暗夜與繁星帶來的微微亮光中，浮現出形體。

「這裡，原來是皇城啊。」

「皇城……是嗎？」

還沒去過皇城的葉卡堤琳娜，露出一臉懷疑的樣子。畢竟這個地方和皇城給人的印象大相逕庭，也是無可厚非。

這裡是皇城一處階梯下的遮蔽處。

「……以前，我有一個朋友。而這裡，就是我第一次見到他的地方……」

這麼喃喃著的阿列克謝，溫柔地握住葉卡堤琳娜的手。

「看來，你真的很看重那一位朋友呢。兄長大人是難以輕易對人敞開心胸的個性吧。相對的，一旦是真心接納的人，無論彼此之間的關係怎麼改變，都還是無法將對方從心中割捨掉。」

「是……這樣嗎？」

「是呀。若要說得更直白，兄長大人在與人相處時，有著非常挑剔的一面。應該是因為成長環境中，身邊全是祖父大人提拔的優秀人才吧。相較之下會覺得同齡的孩子們都不夠成熟也是無可厚非。能讓這樣的兄長大人視為朋友的人物，想必非常優異才對。」

不知道是不是因為身處夢境之中，總覺得葉卡堤琳娜說起話來比平常還要不客氣。而且被指出與人相處時非常挑剔的這點，也是無從駁斥。

「或許……妳說的對。人們都稱他神童。他卻既怕生又沒自信……讓我不禁產生想要保護他的念頭。」

「兄長大人在面對真心接納的對象時，都會盡全力去愛護對方呢。米海爾殿下也是一位優秀的人物，但殿下終究是君主。你應該從小就覺得不能以對待朋友的方式與殿下相處吧。正因如此，那個人可說是兄長大人第一次真心接納的朋友……」

「現在，已經有妳在了。我該傾盡全力愛護的人是妳，還要四處去尋找他也太愚蠢了。」

「你以前只要感到寂寞，就會來到這裡嘛。所以心才會這樣行動。」

阿列克謝淺淺一笑。

「什麼事都會被妳看穿呢。」

葉卡堤琳娜有些不悅地噘起了嘴。

「因為這裡是兄長大人的夢境之中，都是兄長大人認為我是這樣的人，才會變得如此。我其實也沒有這麼懂得察言觀色。」

「是這樣嗎？」

阿列克謝笑了出來，他的指尖輕輕觸碰了葉卡堤琳娜的嘴唇。

「即使如此，妳還是跟真正的葉卡堤琳娜一樣。我從來沒看過妳這麼可愛的表情。如果只是生著悶氣的模樣，以前我是見識過了，但現在這樣的表情更加可愛。我親愛的葉卡堤琳娜。」

「哎呀，兄長大人真會說話。」

葉卡堤琳娜也換上了滿臉笑容。

「這趟旅途怎麼樣？有沒有發生什麼危險的事，或者不方便的地方？」

「都很順利喔。雖然有些意料之外的事情，但在弗利卿的指導下，我見識到很多稀奇罕見的事物，是一趟開心的旅程。兄長大人過得怎麼樣呢？你都感到寂寞了，是不是有發生什麼艱辛的事呢？」

單手撫著妹妹擔憂的臉龐，阿列克謝淺淺一笑。

「有嗎？此時此刻能夠注視著妳實在太過幸福，我都不記得了。」

「兄長大人真是的。」

葉卡堤琳娜再次揚起笑容，並緊緊抱住阿列克謝。

「謝謝妳替我擔心，葉卡堤琳娜。這世上想必沒有其他人能像妳這樣誠實地愛著他人了。有像妳這麼優秀的妹妹，我是何等幸福啊。雖然妳不在身邊令我感到難受，但一想到妳連在夢境中都如此為我著想，我就盡量忍耐妳不在的這段時間吧。希望妳能有一趟開心又安全的旅程，然後盡早歸來。」

「兄長大人，我之所以會這樣愛著兄長大人，是因為你是個比誰都優秀的人啊。既然兄長大人希望我盡快回去，我也會遵照去做的。因此，還請你精神飽滿又健康地等我回去吧。」

葉卡堤琳娜伸手環繞住兄長的身體，回給他一個擁抱。

期許著妹妹有一趟安全旅程的兄長，以及答應他這份期望的葉卡堤琳娜。

這時的兩人都還不知道，現實卻事與願違。

# 第三章 叔公艾札克與山岳神

隔天早上。

神清氣爽地醒來的葉卡堤琳娜，一邊讓米娜幫忙換衣服，一邊跟她說了昨晚將藍薔薇髮飾當成禮物送出去的事情。也提及對象是死亡少女跟死神的事。

畢竟是一場很不得了的經驗，我也很苦惱是不是要說出口，但總是要對米娜解釋髮飾不見的理由。而且面對米娜，隨便敷衍過去是行不通的吧。因此才會判斷直接說實話才是最好的選擇。當然跟她說的內容也盡可能地縮減，沒有講到創造神跟轉生之類的事。

「那本來是要去山岳神殿參拜時戴的吧，真是不好意思。」

就連米娜聽完也不禁好一段時間說不出話來。

「大小姐……您去跟那麼危險的對象見面時，我竟然沒有伴隨在側……」

對於沒辦法應對讓人沉睡的入侵者，她對自己惱火到好像都能看見藍白火焰一般。

「兩位都待我很親切喔。畢竟是神明在呼喚我，米娜妳不用放在心上啦。」

「大小姐，總覺得您今天早上心情很好呢。」

聽米娜這麼說，葉卡堤琳娜露出了滿臉的笑容。

「就是說呀！在那之後，我作了一場美夢喔。我見到兄長大人了呢！」

後來，在早餐前跟奧蘿菈借了一點時間，跟她說昨晚見到死亡少女塞勒涅的事情。以及對死亡少女傳達了，在奧蘿菈口中的她是一位溫柔的女性，她也感到很開心。

奧蘿菈頓時語塞，但似乎還是相信了。塞勒涅因為無法觸碰鮮花而感到悲傷，若是利用森之民擅長的木雕技術雕出花朵並獻給她，應該會很開心才對。聽我這麼說，她也點了點頭。

「如果獻上一些東西能讓她開心，我的後悔也可以多少減輕一點。我再跟大家談談吧。」

一起吃過早餐之後，奧蘿菈給了我許多土產。有木製的優美食器、用草木染出美麗色彩的布匹，就連帶著類似檸檬草清爽香氣的袋子都有。

「像是刀刃以及鹽等物品，我們無論如何都還是要到森林外購買才行。因此這些東西若是能賣錢，我們也感激不盡。」

「可以幫上各位的忙，我也覺得很開心。這樁生意若是談成了，我也會跟奧蘿菈夫人及弗利卿仔細商談，避免擾亂森之民的生活。」

葉卡堤琳娜的一番話，讓奧蘿菈微微一笑。

「謝謝大小姐。您年紀輕輕就懂得顧及這麼多事情，令我感到敬佩不已。」

啊嗚。

年紀輕輕是騙人的啦，不好意思～

在這裡留宿一晚的期間，儘管沒有跟葉卡堤琳娜交談，但態度還是很親切的森之民們一起揮著手，目送我們離開。

跟來程一樣，葉卡堤琳娜乘在歐雷格的馬上，也面帶微笑地向他們揮手道別。

感覺就像在山中小屋風格的度假村住了一晚。而且還附有天然溫泉的露天澡堂。食物也都很好吃，宛如鄉間的高雅飯店一樣。

謝謝森之民給了我這麼美好的一晚！

就這樣，葉卡堤琳娜一行人重新踏上旅程。

不，在那之前，還有弗利將不知為何混進馬車的兩隻甜菜朝外頭扔出去的小插曲。

那兩隻大概是昨天的帥哥甜菜跟另一隻同伴吧。為什麼會出現在這裡啊？要是一個沒注意，就會跟著出發了喔。是不是用葉子打開馬車門的呢？真靈巧啊。大概就跟跑去開冰箱門的貓差不多靈巧。

而且那兩隻感情到底有多好啊。就連在被扔出去時都還牽著彼此的手……不對，是牽著彼此的葉子。

還有，用採收農作物的動作默默地扔出去的弗利先生，明明是侯爵家出身的貴族子弟，現在身為森林農業長，已經對農業相當精通了呢……

由於甜菜很好吃，我很擔心那兩隻會不會被森林裡的動物吃掉，但原本停在馬車屋頂看守的大王蜂的傳令，立刻就飛走了。珍奇植物的甜菜成體可能也還在這附近，應該沒問題吧。

「早知道留作緊急糧食好像也不錯。」

弗利像是靈光一閃地這麼說，但葉卡堤琳娜猛搖著頭。

都認出是昨天遇到的那兩隻了，實在沒辦法……要是帶上路，肯定會產生感情。要是真的煮進湯裡，我大概會哭出來吧。

總之，接下來的旅途都走得很順利。

畢竟第一天的時程就有所拖延了，得盡量補回來才行。馬夫跟馬匹都很努力，一行人急忙地穿梭於深邃森林中的道路上。

話雖如此，對葉卡堤琳娜來說，還是比上輩子悠哉。畢竟不同於搭車或電車，搭乘馬車的旅程需要定期讓馬休息，並讓牠們喝點水、吃點草才可以。

休息時間葉卡堤琳娜會走下馬車，在附近漫無目的地閒晃，或是跟獵犬們玩耍。有時想要體恤一下努力的馬夫及馬匹的辛勞，而幫忙替馬刷個毛，那位中老年的馬夫就戒慎恐懼到快死了一樣。但還是告訴我這兩頭馬分別喜歡被刷哪個地方的毛，所以也覺得很開心。馬真的很可愛。

當我摘了一點花草要餵馬時，被米娜指出裡頭摻有對馬來說有毒的草，嚇得我連忙請她全都確認一番。乍看之下是手上拿著花的千金小姐，跟美人女僕湊在一起看花。令人大飽眼福的光景，其實卻是在確認有沒有毒草。

給騎士的馬匹餵了檢查過後沒問題的花時，有個騎士對著嚼得起勁的馬說教道：「這可是大小姐親自摘來的花，你可要懂得感激啊！」惹得我不禁笑了出來。馬要是懂了，我才要嚇一跳吧。弗利跟其他騎士們也都跟著哄堂大笑。

有時也會在沿途的村莊購買飼料的葉子給馬吃，這種時候村民們就會湊過來看熱鬧。葉卡堤琳娜為了提升好感度，便會向群眾揮手或是搭話，也因為多數民眾都誤以為葉卡堤琳娜是公爵閣下的夫人而笑了出來。這個謠言好像真的傳得很開的樣子。

說穿了，因為阿列克謝在繼承爵位前就經手處理領政事務，大家似乎不知道他其實才十八歲。而且本人的外貌不管怎麼看也像是二十幾歲，這也是沒辦法的事。

「葉卡堤琳娜大人是公爵閣下的妹妹。是繼承了謝爾蓋一世公爵綿延至今血統的，尤爾諾瓦的公主殿下。」

弗利一再向村民們這樣解釋。

「竟說我是兄長大人的夫人，能有這樣的誤會是我的榮幸。」

葉卡堤琳娜開懷地咯咯笑著。

身為一個兄控，實在是太開心啦！說我是兄長大人的夫人……哎呀～～太棒啦！

這樣悠哉的旅程，在這個世界來說其實已經是一趟強行軍，因此當天晚上便抵達了計畫中會途經的大城鎮，也順利入住了那裡的旅店。

隔天的旅途也進行得很順利，並總算看見陡峭的岩石山壁。

「大小姐，那座就是舊礦山。山岳神殿就位於那處山腳。」

「就是那嗎……」

本來一片深邃的森林很快地中斷，四周再次呈現一片田野風景。經過開墾，林木都被採伐拿來當作燃料了吧。製鐵是一項會消耗驚人燃料的工程。

在沒有一點綠色的大地起伏前方，可以看見灰色岩山，不知為何帶著異樣的魄力朝著葉卡堤琳娜進逼而至。

這是什麼感覺啊……總覺得好像有印象。

舊礦山過去曾是有著大礦脈的鐵礦山，據說早在皇國建國期就已經開始採掘了。當時這裡是屬於擅長採掘及製鐵的當地豪族所持有，但被建國四兄弟給平定。尤爾諾瓦公爵家的始祖謝爾蓋娶了豪族的女兒克莉絲汀，和平地獲得了礦山以及採掘、製鐵的技術。

但現在，這座山的礦脈已被採掘殆盡，鐵礦石是從別座礦山採掘來的。然而，儘管被稱為「舊」礦山，現在之所以依然算是一座有在活用的礦山，是因為可以挖掘到虹石。

即使採掘場都移到別的地方，這裡至今還是尤爾諾瓦礦山業的中樞。舊礦山的山腳不僅有座山岳神殿，統括尤爾諾瓦所有礦山相關事業的礦山事業本部也在這裡。

統率這個地方部門的，就是礦山長艾倫．卡爾。

「大小姐！」

馬車一抵達，早就在那裡翹首引領的艾倫便上前迎接。

「艾倫大人。你這麼忙還特地出來迎接，真是不敢當。」

「您順利抵達這裡才是最重要的。想必您相當疲憊了吧，請先好好休息一下。晚點若是能抽空和艾札克博士打聲招呼就好了，博士很期待能見到大小姐。」

見艾倫依然是對艾札克叔公滿滿敬愛的模樣，葉卡堤琳娜也不禁莞爾。

「真令人開心，我也滿心期盼能與叔公大人見面呢。」

男人就在位於礦山事業本部一隅的雜亂房間裡，埋頭書寫著東西。

他面對的並非氣派的書桌，而是一張簡樸的桌子。感覺就是加了四根桌腳的一塊板子，但非常寬敞。桌上到處放著乍看之下平凡無奇的石頭，有些用錘子敲碎之後浸泡在某種藥品當中，有些放在底下燒著酒精燈的燒杯裡咕嘟咕嘟地加熱，有些則是放在魔法陣中閃爍著。

房間的深處並列著一整排櫃子，裡頭放滿了仔細收著各式各樣礦石的盒子，並附上寫了名稱的牌子，嚴加保管。

嗯——讓人回想起大學時代的研究室啊～我都想去洗試管了。

「艾倫嗎？」

這時傳來一道穩重的聲音。

「我現在在寫信，你等一下可以幫我送去位於『諸神山峰』山腳的觀測站嗎？」

艾倫現在已經是礦山事業本部的負責人，但似乎還是跟以前一樣被當作助手使喚。而且艾倫也理所當然地點頭回應。

「好的，我知道了。在那之前，博士，有客人來訪。」

「客人？」

帶著懷疑反問之後，礦物學者艾札克・尤爾諾瓦轉過頭來。

他看到葉卡堤琳娜後，不禁睜大了雙眼。

葉卡堤琳娜雖然對著做出這番反應的叔公投以微笑，但內心驚訝不已。

跟謝爾蓋祖父大人好像！

只在肖像畫中見過的祖父，就算知道為人溫柔，但外表依然像是威嚴的化身般。看起來相當符合歷任宰相及外務大臣等國家要職人物給人的印象。同時，也是一位具備紳士魅力的男性。

跟祖父是同父異母的弟弟艾札克叔公，有著端正的五官，一看就讓人覺得和祖父很相像。但給人的感覺柔和許多，身高似乎也不及祖父。

他的髮色之所以是帶點藍的白，應該是原本的一頭藍髮幾乎花白的關係吧。祖父的雙眼似乎是亮麗的青色，但叔公的則是像勿忘草一般的淡淡青色。雖然也可以說是水藍色，不過不同於阿列克謝的螢光藍，也跟祖母那如冰一般的藍不一樣，給人溫柔的印象。

「……安娜史塔西亞？」

聽他有些困惑地喊出母親的名字，葉卡堤琳娜搖了搖頭，接著行了淑女的禮節。

「初次見面。我是葉卡堤琳娜。艾札克叔公大人，非常高興能見到您。」

「葉卡堤琳娜！」

艾札克整個人猛地站了起來，揚起大大的笑容走向葉卡堤琳娜。他伸出雙手，溫柔地包覆住葉卡堤琳娜的手。是非常溫暖的雙掌。

「我的天啊，很高興能見到妳！我總以為妳還是個小女孩。竟然已經長成一位這麼漂亮的小姐了……但說來也是，艾倫有跟我說，妳是位非常聰明的千金小姐呢。」

艾札克說著說著，話便停了下來。他不知所措地說：

「啊……抱歉，我本來要回城裡迎接妳跟阿列克謝的吧。我完全忘了。你們已經從皇都回到這裡來了呢。等等，這麼說來，城裡好像有慶宴要我出席對吧？總之抱歉……我真是個沒用的傢伙……」

眼看艾札克意志消沉的樣子，葉卡堤琳娜微微一笑。

如同艾倫及尤爾諾瓦城女管家萊莎所說，他似乎是不善於處理現實事務的類型。正因為是天才學者，我覺得有著這樣的一面，傳記反而會更加有趣。

「請別放在心上。我這次是代兄長大人前來山岳神殿進行參拜。正好能與您見面，真是太好了。」

「是這樣嗎……？但一個女孩竟自己踏上這趟旅程，好厲害啊。葉卡堤琳娜是個堅毅的孩子呢。」

……不好意思，內心其實是個奔三女。露出這麼純粹的笑容稱讚，我真的只能道歉了。

「我也不是一個人來的。一路上有弗利卿陪同。他現在正與山岳神殿的神官大人們在為明天參拜的詳情開會討論。」

「喔，有巴爾薩札哥陪同，那就放心多了。我以前也很常跟他一起旅行呢。」

既然是兄長謝爾蓋的摯友，看樣子弗利跟艾札克的交情也滿深的。

「博士，大小姐有帶禮物來。因為想趕緊拿給您，我就將會議交給弗利卿處理，並帶大小姐前來了。」

聽到艾倫提起的話題，艾札克露出一臉驚訝的表情。

「禮物？葉卡堤琳娜要給我的嗎？」

「希望可以給叔公大人的研究帶來一點幫助——米娜。」

葉卡堤琳娜一聲輕喚，米娜便輕輕鬆鬆地拿著一個大包裹，快步走了過來。她將包裹放在桌上，並動作迅速地解開包裝。

從中出現的是一台顯微鏡。

對葉卡堤琳娜來說感覺有點復古，但從外形很明顯就能看出是顯微鏡。然而，艾札克卻費解地歪過了頭。

「這是什麼呢？我從沒見過。但感覺很像研究用的器具呢。」

艾札克會這麼說，是因為這個世界也有顯微鏡，但形狀跟上輩子的不一樣，而且使用起來相當不便的關係。當時還沒有載玻片這種東西，只能將想放大觀察的東西放在桌上，因此很難看得清楚。

這次請皇都的穆拉諾工房僱用的鏡片師傅葉戈爾・托馬製作這台顯微鏡的同時，也請他做了當作載玻片使用的玻璃薄片一併送來。只要將想放大觀察的東西放在玻璃上，並透過下方的鏡子反射光線，讓視野更加明亮的話，就會比這個世界既有的顯微鏡更容易觀察使用。

而且其他地方也下了很多工夫，似乎比起皇都公爵邸的那座顯微鏡更提升了放大倍率。托馬自稱是愛講究的個性，看來所言不假。

「這是顯微鏡。是請尤爾諾瓦家在皇都買下的玻璃工房製作的改良版。使用方式就像這樣。」

我拿了一點桌上細碎的岩石顆粒，放在載玻片上。

上輩子的話是將水之類的液體滴到載玻片上，再用蓋玻片蓋上去，但現在好像還做不出極薄的蓋玻片。光是可以將載玻片做成非常透光而且厚度均一，我就覺得很厲害了。

放在平面上後以透鏡觀察狀況，一邊調節下方的鏡子反射光線讓視野變得明亮，接著扭轉調節輪對焦，那些顆粒看起來就像是截然不同的東西。摻雜著黑色帶有尖尖角角的東西，澄澈又透明，可以看見好幾個帶有美麗色彩的結晶般的東西。也有像是雪的結晶一般呈現美麗形狀的東西。從樣子看來，應該不是水晶類的礦石。

「叔公大人，請您看看。」

「謝謝。」

睜大雙眼看著葉卡堤琳娜操作的艾札克，興沖沖地接過透鏡觀察。

「哦哦！」

才看了一眼，艾札克就驚呼道：

「好厲害！竟然這麼亮……而且能放大到這種程度，我還是第一次見到。竟然可以看得這麼清楚。天啊，它就像是在對我說話一樣……」

感慨的話聲變成沉醉的呢喃，艾札克不禁屏息，不發一語地緊盯著顯微鏡。

這時，他的雙眼從顯微鏡上移開，像是要尋找什麼似的張望了起來。

看著艾札克這樣的反應，艾倫一臉會意過來的樣子，便朝著叔父遞出筆記本、羽毛筆以及墨水瓶。原來不知不覺間，他將被放到桌子上別的地方的紙筆拿了過來。

「喔，謝謝你，艾倫。」

艾札克開心地接過之後，就開始在筆記本上畫起素描並寫上筆記。

艾倫心滿意足地看著拋開一切，埋頭做事的艾札克。看來助手技能點好點滿。

而且，艾倫年紀輕輕就能擔任礦山長，既不是徒負虛名，也不是靠關係。

他不但掌握了尤爾諾瓦中所有的礦山，還能從每一座礦山的產量推測出蘊藏量，或是其他像是所在地周邊的地形及運送路線，以及經費、利益、僱用人數、主要關係者跟他們之間的相關關係等，各種龐大的資訊全都記在腦子裡。以豐富的知識為基礎，對各處礦山做出明確的指示，當群聚在礦山那些老奸巨猾的老鳥要申請灌水的費用，或是沒有達成照著指示應當出現的結果時，他只要笑咪咪地朝著跟平常的指揮系統不一樣的地方說些什麼，不知為何問題就會得到改善，甚至會發生這種有點可怕的現象。

畢竟是在辦公室中年紀最小的人，他平常的行事作風都比較低調。不愧是以培育人才為興趣的祖父謝爾蓋提拔的人，是個相當能幹的男人。而且還是個腹黑。

作為礦山長具備這種程度的能力，說不定其實也是為了營造出可以讓艾札克盡情埋頭於研究的環境，算是助手技能的一環。在替艾札克做事時，艾倫那一臉幸福的表情讓人不禁產生這種想法。

——艾倫先生對艾札克叔公大人的愛太深刻了。我的兄控之心搞不好都贏不過他。這是一大危機！

葉卡提琳娜產生了一股愚蠢的焦躁感。

趕緊畫完素描，艾札克的目光抽離了顯微鏡，再次欽佩又感慨地端詳著顯微鏡本身，並輕輕撫摸機體。

接著他才終於回過神來，一臉慌張地看向葉卡堤琳娜。

「啊，抱歉。我又不小心太過沉迷了。」

葉卡堤琳娜微微一笑。

「這是您重要的研究，能這麼專注是一件好事。這台顯微鏡有給您帶來幫助嗎？」

「當然啊。這真是太棒了。竟能做成像這樣有個底座，再將東西放在玻璃上，接著拿鏡子從下方反射光線，真是厲害的發想。跟其他顯微鏡完全不一樣。」

艾札克開心地輕撫著顯微鏡。

「這麼厲害的東西，我真的可以收下嗎？」

「當然可以。您在使用時，如果有希望可以改進的地方，請務必跟我說。」

「博士，這個顯微鏡是大小姐請人改良的喔。」

艾倫這句話，讓艾札克不禁愣了愣。

是啊，這個反應才是正常的。我會有這樣的點子很奇怪吧！因為這就不是我想出來的點子啊！

其實顯微鏡是花了一兩百年才研發出來，有許多人用各種方式進行改良，才會做成這樣的構造。

但這種事我絕對說不出口。

「只是外行人的靈機一動而已。只要是女性，在參加宴席之前打扮時，都會透過鏡子的反射在光線底下確認髮型及臉上的妝。或許是因此才會知道男士不熟悉的鏡子使用方式吧。」

竟能煞有其事地說出這些藉口，我真佩服自己……但這個世界並沒有燈泡圍繞的化妝鏡之類的東西，因此化妝時格外費工夫。

「原來如此。但這還是非常厲害，而且是很棒的發想。艾倫說的沒錯，葉卡堤琳娜真的是個聰明的孩子。」

艾札克露出孩子般的笑容，大力讚揚。

那副純粹的笑容，刺痛著葉卡堤琳娜的良心。

「叔……叔公大人，您剛才看的那是什麼礦物呢？」

苦於良心折磨，葉卡堤琳娜不得不換個話題這麼問，艾札克便笑了笑。

「這個嗎？這是虹石喔。」

「哎呀，這就是嗎！」

葉卡堤琳娜睜大了雙眼。

「我都沒發現呢，我本來以為虹石的光芒會更強烈。」

「嗯，這麼小一顆很難看出來吧。因為現在周圍環境很明亮，所以會以為只是看起來透明而已，但其實正在發光。由於可以確認到魔力的光渦，錯不了的。這是在挖掘大顆虹石之後周圍的屑石，我一直在思考各式各樣的方法，看能不能更有效率地從那一帶抽取出跟這一般細微的虹石。」

哦哦——！

我只有在皇都公爵邸行幸時，仔細端詳過鑲在胸章上的虹石而已，不過當時看到有道捲起漩渦的藍光被封在透明的石頭中。所謂光渦應該就是指那道發光的漩渦吧。

明明可以挖掘出像那樣既大顆，而且光彩又強烈的虹石，想抽取的卻是細微的虹石嗎？

「那是要用在虹石魔法陣的對吧？不只是挖掘高品質的虹石，您是想透過抽取細微的虹石，以人工方式製造出虹石嗎？」

「葉卡堤琳娜也知道虹石魔法陣的事啊。差不多就是這樣。天然的大型虹石有時蘊含的魔力品質很低，還可能混合好幾種不同的屬性，很有可能造成魔法陣無法穩定啟動。之前雖然會將其敲碎之後進行品質與屬性的篩選，既然如此，還不如從至今都丟棄的碎石中抽取出細微的虹石。何況其中也有小歸小但品質很高，或是具備罕見屬性的，丟掉也是可惜。」

目的是品質均一化，以及屬性單一化啊。原來如此。

在試做之前就已經開始改良了……好厲害啊。上輩子作為一介系統工程師，我很清楚在設計階段就發現問題並進行改善有多麼重要。

這個人的頭腦中已經有虹石魔法陣存在。而且真實到可以在腦內模擬時發現問題。真的是非常聰明的人。

可能足以推動歷史的東西，就是在眼前這個人的頭腦中誕生的。他現在也正在我的眼前反覆琢磨推敲人類歷史的轉捩點。

天啊，這麼一想我的情緒都激昂了起來。感動到渾身起雞皮疙瘩。

「像是鐵跟金銀這類金屬，是透過高溫熔化礦石去精鍊的對吧。但虹石不能用這種方法呢。」

「因為虹石不像金屬那樣遇熱能熔解。最好把它想作是一種寶石。但因為凝聚了自然魔力，所以性質跟普通石頭又不一樣……至今沒什麼人做這方面的研究，所以還不太了解。」

「哎呀……真是令人深感興趣。」

感覺就像前無古人的知識新大陸吧。是一場知識冒險、一種浪漫啊～～！

看著葉卡堤琳娜雙眼發亮的樣子，艾札克也微微一笑。

「聽妳這麼說，真令人開心啊。我想一般的千金小姐對這種事應該沒興趣才對。」

「在我看來，不感興趣才令人費解呢。沒有其他更令人感到雀躍的事情了吧。能夠接觸到叔公大人的研究，我深感光榮。這當中蘊含著或許可以讓人們的生活產生巨大改變的可能性，讓我感到興奮又期待不已呢。」

「我聽了真高興。謝謝妳。」

艾札克伸出手，來回摸了摸葉卡堤琳娜的頭。

「葉卡堤琳娜真是個聰明的孩子呢，不愧是阿列克謝的妹妹。阿列克謝也是從小就很聰明，總是讓我感到很佩服，不過看樣子妳跟那孩子是不同方面的聰穎。」

被天才稱讚聰明了耶～～真害羞啊～～

不，這不是該害羞的地方，應該要為了詐欺而道歉吧。我並不是聰明，只是在上輩子知道了幾百年後的文明而已。要是因此沾沾自喜覺得自己很聰明，那身為一個人就毀了，我得銘記在心！

「剛才也說過了，真的很謝謝妳給我這台顯微鏡，葉卡堤琳娜。我真的非常高興，上次收下讓我感到如此欣喜的東西，說不定是小時候哥哥大人給我櫃子那時了吧。」

「您說……櫃子是嗎？」

葉卡堤琳娜歪頭感到困惑。

原來叔公大人是以「哥哥大人」稱呼謝爾蓋祖父大人的啊。可能是從小就這樣叫到大吧。一位白髮紳士用這種帶點孩子氣的方式稱呼，真是可愛。

說到小時候，當時祖父大人應該也還是個孩子。一個孩子送櫃子給另一個孩子，而且還覺得非常開心，究竟是什麼狀況啊？

「我從小就很容易受到礦物的吸引，小時候幾乎每天都會從外面撿石頭帶回房間。但是每次都挨罵，而且都被拿去丟掉了。現在想想覺得那也是難免的，不過當時的我覺得非常難過。當我在庭院嚎啕大哭時，哥哥大人過來教我不會讓那些東西被拿去丟掉的方法。他說只要整齊排列，並附上名牌就好了。如此一來，其他人也會明白，你是因為那些東西罕見才會撿回來。於是，他就給我一個收納石頭的櫃子，還有一本礦物圖鑑。」

原來如此！

常說人是九成看外表，但物品也是。只要感覺很珍貴地展示出來，看起來就會以為是很有價值的東西，兩者都是一樣的道理。祖父大人從小就很聰明呢～

不過隨隨便便就能送個「櫃子」給弟弟，不但高價，體積也很龐大，無意間就展現出名流格局。

「那時我大概七歲吧。但我到了那個年紀卻還不會讀書寫字。家庭教師都教過我了，卻還是一點也不明白。因為當年我覺得比起透過文字讀取意義，還不如到戶外傾聽天空、林木、石頭的聲音更來得好懂。所以就被說是沒用的孩子了。不過圖鑑上刊有很多圖，只要拿著圖跟石頭對照去找就可以。找到跟石頭一樣的圖，我就會抄寫下名稱。哥哥大人說，這樣也算是練習寫字的一種方法。」

艾札克緬懷地微微一笑。

「礦物圖鑑非常有趣，而且原來至今撿回家的石頭其實都是有人取名的這點，更令我感到驚訝。我越看越沉迷，就這麼看了一整個晚上之後，隔天早上我就全都讀懂了。」

什麼？

「寫字也是，當時只要是礦物專用術語，我基本上都會寫喔。那本來是給大人看的圖鑑，也讓我學到了很多。」

叔公大人笑咪咪地這麼說，但在各方面的認知差異都太大了。甚至讓我無從吐槽，只能舉起白旗投降。

……他想必是真的在一個晚上就學會讀書寫字了吧！天才太可怕了！

無意間跟艾倫對上眼之後，只見他深深地點點頭。也是呢，你最喜歡的艾札克博士，真的是個很厲害的人物。以後有空請寫本傳記吧。

……說不定其實已經開始動筆了。

「不過，那個櫃子是真的令我開心不已。就像哥哥大人說的，當我附上名牌並陳列在櫃子裡面之後，之前都只會對我生氣的女僕，變得欽佩不已。她說，從來都不知道原來石頭是有名稱的。那頓時讓我覺得整個世界都變了。當那個櫃子全都擺滿附上名牌的石頭時，我給哥哥大人一看，他嚇了一跳，不斷地稱讚我，接著又給我一個新的櫃子。在那之後，他就一直支持著我的研究呢。準備一個可以讓我保管擺滿石頭的櫃子的地方，還替我取得可以前往其他領地，或是一般來說不能進入的地方的通行證，讓我能進行蒐集，幫我做了好多好多。一直到最後，都是如此。」

艾札克感慨萬千地侃侃道來。櫃子對他來說，或許就是與兄長謝爾蓋之間的羈絆象徵。

「哥哥大人他……辭世之後，阿列克謝也替我做了一樣的事。他明明還那麼年輕，那孩子既聰明又很了不起，我總是感到欽佩不已。而且妳也是，跟哥哥大人做了一樣的事情。他在聽我說話時，表情總是像現在的妳一樣，一副雀躍不已的樣子。」

艾札克瞇眼笑了笑。

「自從哥哥大人送我那本礦物圖鑑之後，我的夢想便是總有一天也能做出一樣的東西。我想網羅那本圖鑑上沒有刊載的礦物，我也確實實踐了。但是，我現在想再重新製作一次。這次要在圖鑑加上用這台顯微鏡所看見的姿態，改訂成更完善的內容。等虹石的研究告一段落之後，就來著手進行吧，這是我的新夢想。跟哥哥大人一樣給了我夢想的妳，是哥哥大人的孫女，這真的讓我很開心。謝謝妳，葉卡堤琳娜。」

好可愛。明明是個這麼了不起的人物，為什麼會這麼可愛啊？

我有點可以明白艾倫先生的愛了。而且祖父大人想必也是非常疼愛艾札克叔公大人吧。

我雖然是兄控，但也變得最喜歡叔公大人了。

葉卡堤琳娜微笑道：

「我也覺得身為叔公大人的家人，讓我感到非常高興。」

這時，葉卡堤琳娜說著「這裡還有另一份禮物」，便將玻璃筆遞上前去，這也讓艾札克高興不已。

這跟送給阿列克謝的那種帶有華麗色彩玻璃的不一樣，而是沒有上色的樣品。由於艾札克常會為了進行田野調查，到一些難以行走的地方旅行，因此就算損毀了也沒關係的東西應該比較妥當。這是順從艾倫建議的結果。

「好厲害啊，遠比羽毛筆要好得多了。竟然想得到這樣的點子，真是天才，葉卡堤琳娜是個不得了的孩子呢。」

不，叔公大人才是天才。而且這並不是我想到的點子。真正發明玻璃筆的人，上輩子明治時代的風鈴師傅，真的非常抱歉。

「要做出這種細長型的玻璃，強度會是一大考驗呢。」

「您果然會注意到這一點呢！這是師傅透過技術提高了強度喔。」

「這樣啊？不知道是怎樣的技術呢？」

艾札克深感興趣地端詳著玻璃筆。

「嗯——是不是溫度啊？若要做出高強度的玻璃，想必需要利用高溫才行。說不定還有其他方法就是了。」

「啊，我想起來了。是在窯爐下了一番工夫。聽說若不是用那座凝聚了上一代師傅技術的窯爐，就做不出這個強度。」

「著實令人深感興趣呢。真想親眼見識見識。」

「下次您造訪皇都時，請務必前來參觀。憑著叔公大人的學識，若是可以給師傅一些建言，肯定能夠做出更好的作品。同時也想讓您見見那位製作顯微鏡的師傅。」

如果能得到叔公大人的建言，並提升工房設備，讓雷夫得以做出超越前任穆拉諾師傅的作品就好了呢。他也是個天才，這不全然是個空想吧。

而且我這個愛跟風的，就是想看天才與天才同台嘛！

艾札克笑咪咪地看著葉卡堤琳娜做出這番熱忱的邀請。

「看來妳也對礦物有興趣呢。真令人開心。」

您誤會了！

不，也不是不喜歡，但總不能將玻璃視為礦物吧。而且話題會帶到玻璃工坊，也只是順勢聊到而已。

但面對如此純粹地感到開心的叔公大人，這種話我說不出口！

於是葉卡堤琳娜便打了個馬虎眼，「呵呵呵」地笑了起來，這時艾札克對她說：

「我也想給妳一點回禮。可以跟我一起來舊礦山一趟嗎？」

就這樣，葉卡堤琳娜便與叔公同行。

才正想回答太客氣了不用回禮……艾札克身後的艾倫就像在玩比手畫腳一樣，做出「請務必前往！」的動作強力推薦，於是就答應了。

「阿列克謝過得還好嗎？」

「是的，兄長大人過得很好。但我很擔心他每天都忙於公務……」

葉卡堤琳娜打著如意算盤，想著說不定可以將叔公拉進折斷阿列克謝過勞死旗標的陣營。

「叔公大人能不能也勸勸兄長大人，希望他不要工作過頭而搞壞了身體呢？」

「那孩子有這麼忙啊？」

艾札克睜大雙眼，看起來大受打擊的樣子。

「哥哥大人是否也是如此呢？然而我總是一直給他們增加工作，也幫不上忙……」

啊！這裡埋了一個地雷啊！

不不不，叔公大人，您增加的工作是關係到尤爾諾瓦的未來——呃，但我這樣講不就肯定了增加工作這件事嗎！還好沒說出口，勉強過關。實在太危險了。

我們邊聊著這些事情邊走出礦山事業本部，並爬上連通舊礦山的緩坡。

貴為公爵千金，就算是這麼一小段距離，無論在宅邸還是學園外，都很少靠自己的雙腳行走。而且這段路還會有很多從礦山出來，身材魁梧的礦工，推著裝滿採掘而來的虹石來來往往。

如果阿列克謝人在這裡，說不定會發揮妹控本能，說著「怎麼可以讓葉卡堤琳娜暴露在一群男人的視線之下」，讓人準備馬車或轎子。然而阿列克謝不在這裡。身為葉卡堤琳娜保護者立場的艾札克，一再受到礦工們「老師，您看起來很有精神呢」之類的招呼，他也親切地回以「謝謝，我很好」並揮了揮手。

「您還有這麼漂亮的小姐相伴呢。」

也有礦工竊笑地這麼說，葉卡堤琳娜便面帶微笑地回應「你好，真不敢當」，讓對方不禁愣愣地看得著迷，後來卻被艾倫跟米娜以會被痛下殺手一般的目光瞪視而抖了一下。還真的是禍從口出。

灰色的岩山中開了一個大洞，在此可以看到礦山的入口。
帶了點蒼藍的灰色岩山有著異樣的氣魄，應該說有股壓力迎面而來。
「大小姐，坡道讓您走得很辛苦嗎？我抱著您上去吧？」
立刻發現抬頭看著山的葉卡堤琳娜腳步越來越沉重，米娜便這麼說。葉卡堤琳娜搖了搖頭。米娜是可以用公主抱的方式帶上葉卡堤琳娜還能快步行走的戰鬥女僕，答應的話她是真的會這麼做，但那樣太讓人害羞了。
「不用，我不是覺得疲憊。只是……」
不知道該怎麼形容，讓葉卡堤琳娜皺起眉頭。自己記得這樣的感覺，卻回想不起來。
看著葉卡堤琳娜這樣的反應，艾札克露出恍然大悟的表情。
「葉卡堤琳娜，妳曾在什麼地方見過神明嗎？」
「咦！」
意料之外的話，讓葉卡堤琳娜不禁發出驚呼。
「現在這座山中，好像有三位左右的山岳神降臨喔。應該是神官們呈報了公爵家要前來參拜的事情吧。」
艾札克若無其事地說出驚人之語。
「叔公大人，您可以感知到這樣的事嗎？」

「嗯，因為我很常會見到山岳神。」

艾札克再次若無其事地說出非常不得了的發言。

不是，您到底是何方神聖啊，叔公大人！

除了青史名留的天才學者，您還要加上什麼樣的屬性！

不過，這也解開了葉卡堤琳娜的困惑。

原來如此，這就是神威。就是在與死神見面時體會過的感受。

山岳神殿祭祀的山岳神不只一位。而這座神殿則是負責祭祀尤爾諾瓦領每一座山的神明。尤其採礦會傷及山的表面，因此向礦山的神懇求赦罪，並平定其怒氣，便是這座山岳神殿最大的職責。

但就算到神殿祭祀山岳神，神本尊也不見得會降臨。然而也不允許做出要神明前來的無禮舉動，就只能一味地祈願神明能一時興起降臨此地。話雖如此，這幾十年來，也就是自從祖父謝爾蓋前來參拜開始，直到阿列克謝接下這個職責以來，公爵家參拜時都至少會有一位山岳神降臨。

「我都不曉得山岳神若是降臨神殿，會留宿在這座山呢。」

「這位山神在山岳神之中的位階很高，其他神明在降臨山岳神殿之前，也都會向這位先打過招呼的樣子。是一位敦厚的神明，而且始祖謝爾蓋公的正妻克莉絲汀夫人原本好像是這座神殿的巫女，也很得這位神明的喜愛。直到現在，山岳神殿跟尤爾諾瓦公爵家都保持著良好的關係。」

原來如此啊……克莉絲汀小姐，非常感謝妳。

這麼說來，尤爾諾瓦騎士團之所以在宣誓忠誠的儀式上是屬於輕拍騎士肩膀的流派，不是狠狠打下去注入鬥魂那一派，也是多虧了第一代貴婦人克莉絲汀小姐溫柔的個性。敦厚的神明跟溫柔的巫女，感覺就很合拍。

聊著這些事的同時，一行人便抵達礦山的入口了。

除了礦工們紛紛往下走的主要坑道之外，還有一條以鐵柵欄隔著，貼上禁止進入標籤的坑道。艾倫說，這是還在挖掘鐵礦時曾使用的坑道，但現在已經沒在用了。鐵柵欄上有一扇用掛鎖鎖起來的門。艾倫拿來鑰匙解開鎖之後，更拿出精心準備的虹石提燈，由他前導著一行人在細細的坑道上前進。

「這裡有什麼東西嗎？」

「也沒什麼特別的。其實在主要坑道也可以，但這裡不會有人過來，很方便。」

這時，艾札克突然停下了腳步。

「對了，妳應該覺得很害怕吧。抱歉，我真不該帶女孩子來到這麼陰暗的地方。我又太粗心了……」

「叔公大人，請別放在心上。各位都相伴在我身邊，我一點也不會感到害怕。」

畢竟內心是個奔三女。已經度過一段就算說「好暗好可怕喔～呀啊～」也沒必要的人生。對系統工程師來說夜間上架也是常有的事，更何況還是三更半夜下班回家是常態的社畜。太厲害了，上輩子的自己充滿不怕黑的要素耶。

但是，方便是指什麼呢？

「葉卡堤琳娜是體貼又堅強的孩子。我會努力採個好一點的。」

又說了聽不懂真意的話之後，艾札克單膝跪在地上。

（啊……！）

魔力布滿開來。

我能感受到艾札克的魔力漸漸流入腳下的岩盤。就跟閃電一樣迅速，並深沉地探入地底。

那應該不是……土屬性的魔力吧。葉卡堤琳娜的土屬性魔力無法像這樣流入岩盤之中。艾札克具備特殊的魔力屬性嗎？很接近土屬性卻又不是，該說是岩屬性的魔力嗎？

葉卡堤琳娜始終無法追蹤那股魔力流去的方向。

這時，艾札克低喃了一句。

「抓到了。」

魔力做了一個反轉。

好像有某個東西從遙遙深處被拉了上來。

「好大啊！」

跟葉卡提琳娜同為土屬性魔力的艾倫，應該是感受到艾札克的魔力，不禁興奮地驚呼，幾乎是與此同時，一道遠比他手中拿的提燈更耀眼的光芒充斥著整個坑道。

「喔，這下子帶來好東西了。」

艾札克悠哉的語氣中帶了一點疲憊地這麼說。

出現在他懷裡的是一顆散發強烈耀眼光芒，甚至要人抱著的巨大虹石。

艾札克手中的虹石就像是珊瑚枝一樣，呈現出從根部分枝向上延伸而去的形狀。光輝的色彩是淡紅色，也就是玫瑰色。溫暖又華美的色彩，在分枝朝上伸去一般的形狀下，緩緩地捲起漩渦。

美得令人屏息。

「來，這個給妳。」

「天啊……！但這麼貴重的東西……」

艾札克笑咪咪地遞出虹石，葉卡提琳娜卻不禁遲疑。畢竟是這樣的大小，而且從光芒的強度及美麗的程度來看，其價值應該是之前做成胸章的虹石完全無法比擬的逸品。

「這不是在學術方面令人深感興趣的樣品嗎？留在叔公大人身邊比較好吧。我有您這份心意就很足夠了。」

「葉卡堤琳娜真是個乖孩子。這顆虹石似乎具備罕見的屬性，品質也很好，改天能讓我分析一下，我也會覺得很開心。但這是為了妳而採的，希望妳能放心收下。啊，但這對女生來說太重了，我拿著就好。」

「博士，我來拿吧。」

「艾倫大人，既然是大小姐的東西，由我拿就可以。」

艾倫快步上前，然而米娜更快就從艾札克的手中將虹石拿走了。

「這很重的說……喔，但妳沒問題吧。」

就算是女僕，他似乎也不想讓女生拿重物，不過看到米娜輕輕鬆鬆地拿著的樣子，艾札克似乎察覺了她的背景，便點了點頭。

「那麼博士、大小姐，我們回去吧。」

「也是呢。葉卡堤琳娜，妳應該累了吧？回去之後好好休息一下。」

回過神來的艾倫這麼說，艾札克也意會過來點了點頭。

艾倫的口氣感覺有些莫名焦急，葉卡堤琳娜困惑地想著會不會是接下來有安排其他行程，但仔細想想一行人是進到關閉的坑道中。肯定有安全性之類各方面的問題。

理解到這點，葉卡堤琳娜也趕緊跟著一起離開。

「叔公大人，您剛才的魔力感覺是進到地底很深沉的地方。這虹石是從那樣的深處帶過來的吧。」

在回到礦山事業本部的路上，葉卡堤琳娜這麼向艾札克問道。

好特別的魔力。有點像是上輩子的「隔空取物（Apport）」嗎？那好像是一種超能力吧。

反觀這個世界，幾乎沒什麼將物質帶到手中這種魔力的例子。雖然有在關於魔力的研究書籍中讀過這樣的例證，但內容也只寫了幾行而已。

說起無中生有的魔力，大概就像火焰、光、闇、雷之類的。水也可以，但那其實是將空氣中的水蒸氣液體化形成的。跟將埋藏地底的石頭拿到手邊來有著本質上的差異。

仔細想想，在森之民居住地得知這個世界在中世紀時發生過的迫害。像這種具備特殊魔力的人，會不會也被當作異端，從歷史上遭到抹殺了呢？

「我從小就開始找石頭，後來找著找著，就覺得那些罕見的石頭像在呼喚我似的。只要感受到呼喚，我無論如何就會想去採挖出來，以前會拿鏟子去挖掘地面。但知道那樣會弄髒衣服給人添麻煩之後，我就努力去嘗試看看能不能用魔力帶過來，後來就學會了。」

當時還是洗衣女工的萊莎小姐說的一番話成了契機啊！

聽她那樣說之後，不是「放棄採石頭」，而是朝著「怎麼做才不會弄髒衣服」的方向去努力這點，果真是天才會有的思考……

天才是靠一分的天分以及九十九分的努力這句話，確實是真的呢。

「叔公大人的魔力是土屬性的嗎？」

「分類上是這樣沒錯。但土屬性當中，也有很多讓人覺得這樣分類似乎有點不恰當的類型呢。若是說具備可以操控植物魔力的人跟我是同一個屬性，感覺也滿奇妙的。我認為現在要去套用亞斯特拉帝國時代的分類，在許多層面來說已經不太適合了。」

原來如此。

魔力屬性有分成土、水、火、風、冰、光、闇、雷、聖等各式各樣的種類，但這些是在古代亞斯特拉帝國時期的分類。當時的璀璨文明被奉為權威，應該是無法動搖的吧。就算是不屬於其中任何一種的魔力，也會硬分配為其中一種屬性。

像是死亡少女塞勒涅小姐具備的「冥」屬性魔力，也不存在於古代亞斯特拉的分類中。所以現在就算有人具備「冥」屬性魔力，應該也被分到其他種類去了吧。

上輩子也有類似的情形。我曾在漫畫中看過，由於古希臘的亞里斯多德主要推崇世界是由土、水、火、空氣這四大元素所構成的，因此社會長年處於盲從且「不接受異論」的狀態。當時亞里斯多德的權威簡直近乎於神的樣子。

「您說的對。或許總有一天魔力會無法再用屬性去進行分類呢。」

葉卡堤琳娜想起自從證實了物質的最小單位是原子之後，四大元素的理論就跟著消弭的事情並這麼說了之後，艾札克先是睜大了雙眼，之後便笑了笑。

「妳說的這番話真是大膽，但我很喜歡這樣的論調。過陣子我一定會找時間去皇都。我想看看妳的工房，也想再跟妳多聊聊呢。」

隔天，葉卡堤琳娜便前往山岳神殿參拜。

為了表達對神的敬意，葉卡堤琳娜的穿著較為低調，但一身美麗打扮的千金小姐還是讓引領的神官們看得入迷。身後跟著森林農業長弗利卿及礦山長艾倫的葉卡堤琳娜，一步步踏入神殿的內殿之中。

原本以為艾札克會一同前來參拜……

「嗯——還是算了。我不太懂神明的玩笑話嘛。」

結果他反而說出才真的令人聽不懂的話，今天也埋頭於研究之中的樣子。他跟神明之間親近到會說玩笑話的程度嗎？

在能感受到歷史的石造神殿中，陳列著一整排作工精美的雕刻。都刻畫了掌管尤爾諾瓦領內每一座山的山岳神的姿態，有些呈現人類的模樣，有些呈現狼或山豬等動物的樣子，似乎也有模樣更獨特的神。

在那些神明的中心，有著一位帶著長老風範，呈現留著白髮蓄著白鬍的老人姿態的神明。正說到這就是舊礦山的山神時，那尊神像便朦朦地綻放光芒。

降臨了。

從神像中流洩出來的光輝，變化成跟神像一模一樣的老人身影。面對充斥現場的神威，人類們紛紛恭敬地行禮。

這時，一道聲音傳來。

「尤爾諾瓦之女，抬起頭來吧。其他人也是，放輕鬆點。」

那是年邁到令人覺得深不可測，卻又溫柔的聲音。

葉卡堤琳娜抬起頭來。

「萬分感謝准許拜見尊容。我是葉卡堤琳娜・尤爾諾瓦。」

「真是個漂亮的女孩。歡迎妳來呀。」

呵呵笑著的舊礦山神，給人的感覺比上輩子好萊塢電影巨作中登場的灰色魔法師還更要溫柔好幾倍，有著難以冒犯的威嚴，卻同時也是和藹老人的形象。

這時別的神像也泛起光輝，另外兩位神明降臨了。

一位是同為人類樣貌但與舊礦山神完全相反，呈現出年幼女孩的模樣。外表看起來像個小學女生，但可愛到上輩子從來沒有親眼見過的程度。簡直就跟天使一樣。明明是神明，卻是天使。有著一頭柔軟的草綠色長髮，更戴著用各式各樣的花朵編成的花冠。就像是百花齊放的春季山嶺，美麗又高雅的姬神。

另一位則化身巨大的狼。身軀比蕾吉娜等獵犬都更加龐大。

而且還纏繞著火焰。

鬃毛跟尾巴的尾端都熊熊燃燒著橙色的火焰。金色的眼睛就像融化的黃金，大大的嘴裡也溢出了火焰。即使如此卻不會覺得炙熱，應該是有舊礦山神保護著的關係吧。

說不定這位神掌管的是一座火山。那模樣看起來比魔獸還更可怕。

太厲害了，既奇幻又夢幻。

似乎擔心葉卡提琳娜會感到害怕而朝這邊偷瞄過來的神官，發現她反而是一副雀躍的樣子，不禁露出微妙的神情。

接著葉卡提琳娜便向三位神明報告阿列克謝繼任公爵爵位一事，並為他本人未能前來道歉。

「什麼，我還以為那孩子早就是尤爾諾瓦的宗主了。他小時候就被前代帶過來，後來也時常會見到他，也確實做到應盡的職責呢。」

啊，舊礦山的神明不知道老爸這號人物。祂說帶兄長大人來的前代絕對是指祖父大人。

沒問題，我刻意不去更正這點。

葉卡堤琳娜將要獻給山岳神的供奉物明細一一唸出。按照慣例有酒、食物、裝飾品等，全是最上等的東西。神明收下了之後，參拜也順利地進行下去。

接著，葉卡堤琳娜向神明請示關於尤爾諾瓦家領政方面的建議。

內容是針對植林一事。

這是跟山及森林直接相關的要事，能先上報神明總是最好的。

「植林啊。呵呵。」

舊礦山神隨和地笑了笑。

「跟樹木相比，人類的生命可謂短暫。即使如此，你們也會說出要將砍伐的森林變回原樣這種悠哉的話啊。」

身上帶著火焰的狼神這麼開口說道。

「若是保住了森林，魔獸就會棲息在那裡。人類難道不想將魔獸趕盡殺絕嗎？」

那是一道極具魄力的重低音。猶如融化黃金的那對金色眼睛，緊緊盯著葉卡堤琳娜。

葉卡堤琳娜行了一禮。

「老實說，魔獸確實令人恐懼。每一個人類都太脆弱了，要是遇上魔獸想必轉眼間就會喪命吧。應該有很多人都期望牠們可以不要存在於世。」

像是單眼熊、大王蜂這兩者都是沒有魔力的一般人無法抵抗的存在。當單眼熊闖入農田時根本無能為力，只能眼睜睜地看著牠將農作物啃食殆盡的老人，要是魔獸滅絕了，應該只會覺得鬆了一口氣。

就連上輩子的日本，住在有野生熊出沒地區的人們，很多人內心其實都希望熊可以滅絕的樣子。要是一不小心就會遭到殺害，這麼一想也是理所當然。

想要嘗試保護森林並留下完整生態系這種事，對於活在可能遭遇魔獸襲擊的恐懼之中的人們來說，應該是住在遠離魔獸的安全地帶的人們自私自利的行徑吧。

「然而，偉大的北之王玄龍大人，對於人類要再持續破壞森林感到十分不悅。若是惹怒那一位，那麼滅絕的想必就會是人類了。因此，我等決定透過植林嘗試維護森林，並找出人類與魔獸共存的道路。」

總不能直白地說「要是不植林，玄龍又會跑來盤踞在森林不走，我們也沒轍！」。感謝隱藏版可攻略角色的魔龍王大人。

「而且森林帶來的恩惠對人類來說相當寶貴。開拓森林變更成農地，讓魔獸滅絕，對人類的生活來說算是排除了一大隱憂。然而，因此失去的事物將會永遠消失，再也無法挽回。」

正因為上輩子知道在白神山地發現的酵母能做出很美味的麵包，或是用熱帶雨林的植物可以研發出藥物等各種層面的事。要是摧毀了森林，也等同於摧毀了這樣的可能性。

「我不會說『因為魔獸也同為生命所以該讓牠們生存下去』這種漂亮話。人類應該要為了人類的未來，謹慎思考永遠失去某種東西所帶來的影響……但是……」

我回想起單眼熊臨死前的聲音。

「當人類……在斬斷某個生命時，內心都會感到痛楚。即使對方是足以殺害自己的存在亦然。這是一件很奇怪的事吧。對我來說，無論魔獸還是什麼，都希望能夠盡可能地存活，並永續存在下去。」

雖然這個想法應該是太天真了。

啊，糟糕。面對神明，我竟然毫無保留地說出了自己的想法。

「……」

炎狼神用一副難以言喻的表情看著葉卡堤琳娜。

過了一陣子，便說：

「妳有著奇怪的靈魂。」

呀啊！

死亡少女塞勒涅也這樣說，所以從別的世界轉生過來的靈魂，看在其他神明眼中也會覺得很奇怪嗎？

弗利先生、艾倫先生，拜託不要看我～不要面帶笑容看著我～

「怎麼，汝改變想法了啊？汝也想要一個人類的新娘嗎？」

頭戴花冠的姬神用可愛的聲音說出很不得了的話，讓葉卡提琳娜內心再次發出尖叫。

「別拿我跟妳相提並論。」

炎狼神冷哼了一聲。

姬神朝著葉卡提琳娜看了一眼，接著說道：

「話說回來，汝昨天跟老夫的妻子在一起啊。」

（啊？）

老夫的妻子。

……

……

……不行，我的腦袋跟不上。

「老夫」是這位的第一人稱就算了，一位天使般的美麗幼女用這樣的第一人稱實在非常慘烈地不適合，但這就算了，祂說妻子？

外表年紀是小學女生卻說著「老夫的妻子」到底是怎麼回事！

而且！

指的是誰啊？

內心雖然也產生了不祥的預感，但說到昨天跟我在一起的人——

我朝著艾倫瞥了一眼……只見他的眼神就像死後三天左右的魚一樣。

頭戴花冠的姬神高傲地說：

「妻子名叫艾札克。」

我就知道……！

小學女生般的姬神大人認定是自己妻子的對象，是天才學者艾札克·尤爾諾瓦，高齡六十的男性。

不，這也太奇怪了。

聽不太懂的神明玩笑話，指的就是這個啊。

葉卡堤琳娜撐住差點就要以四十五度角傾斜的自己，拚命維持直挺挺的站姿。我要加油啊，現在可是代替兄長大人來參拜的。怎麼可以做出會讓兄長大人丟臉的行徑！賭上兄控之名！

使勁地挺直背脊，葉卡堤琳娜微微笑道：

「是的，艾札克是我的叔公。昨天我們一同進入山中。」

「唔嗯。老夫才想說似乎感受到妻子的魔力，正要循著前去造訪，他卻很快就離開了。」

……離開舊礦山時，艾倫先生之所以會莫名焦急，是因為察覺到這件事，或者說預料到這件事的關係嗎？

艾倫先生原來知道姬神大人啊。所以他們是在搶奪叔公大人的情敵關係嗎？

……和神明競爭的愛……艾倫先生的愛實在太過深沉，根本就是泥沼。

我也要更努力兄控。雖然我不知道再努力下去好不好就是了。

「老夫的妻子很美吧。那麼美的靈魂，著實罕見。」

啊，這點倒是能理解。叔公大人的靈魂肯定透徹又美麗吧。

「不愧是他的親戚，汝也確實有著與眾不同的靈魂。滿美的喔。」

啊，話題轉回到我身上來了。

「聽……聽聞美麗的姬神大人賞賜這番讚賞，備感光榮。」

「汝說老夫美嗎？」

姬神得意洋洋地挺起幼小的胸膛，這時祂戴在頭上的花冠便開出了色彩鮮豔的百合。

看來花冠上的花並不是摘下來之後編成，而是鮮花的樣子。

「放心吧，老夫不會要汝也成為老夫的妻子。人類都是跟一個對象相伴一生對吧。老夫也是會考慮到人類的習慣。」

怎麼辦，我都來不及吐槽了。

「不過，汝竟然不知道艾札克已經嫁給老夫，怎麼會這樣呢？老夫可是有跟汝等的前代說過，而前代也欣然接受了喔。」

祖父大人——！

當時到底發生了什麼事啊——！

啊……我現在才發現一件事。叔公大人雖然單身，但那個興趣是當貴族媒人的祖父大人，應該會更起勁地替可愛的弟弟找個好新娘才對。他之所以沒這麼做，難道是因為祖父大人同意將叔公大人嫁給姬神大人嗎……？

雖然叔公大人自己覺得這是玩笑話。

不，總之他不是「妻子」啊！好歹也說是「夫婿」吧！

真想更正這點，但說了沒問題嗎？

而且就算更正了這點，真的有意義嗎？本人好像都還搞不太清楚，卻被神明認定為伴侶了，這是怎麼回事啊？

正當葉卡堤琳娜戒慎恐懼地想開口詢問這件事時，舊礦山神呵呵地笑了。

「既然不知道也沒辦法。妳都跟她說了，那就夠了吧。」

「古神大人都這樣說了，老夫也不會再多說什麼就是。」

不知道是幸運還是不幸，更正的機會就這麼放水流了。再見。

重振了心情之後，葉卡堤琳娜接著繼續進行參拜的儀式。整個流程已經接近尾聲。

這時，傳來一道重低音的話聲。

「有件事，我先跟妳說一聲。」

炎狼神語氣淡漠地說：

「我的山最近應該會噴發吧。可以先做好準備。」

……

（咿呀啊啊啊〜〜〜！）

這、這種在快要結束的前一刻突然拋出重大發言的感覺。

就跟上輩子在社畜時代經歷到不想再經歷，想說今天的工作就到這邊告一段落，正準備收拾下班時傳來緊急出包的聯絡那種感覺一樣，真的超討厭！

強忍下內心這樣的吶喊，葉卡堤琳娜鄭重地對炎狼神行禮。

「非常感謝您告知如此重大的事情。多虧如此，眾多領民也會因此得到救助。」

「不管人類會有什麼下場，都跟我無關就是了。」

冷哼一聲，炎狼神便撇過頭去。

關於傲嬌神明太過經典這檔事。

換作上輩子，社畜肯定是要延長加班時數，但神明似乎不加班的。在那之後也沒有發生任何事便迎來參拜儀式的結尾。

三位神明再次化作光輝，緩緩回到神像中。在用最敬禮目送神明離開之後，人類們立刻湊在一起開始對策會議。

神明一回去，立刻衝出內殿的年輕神官，很快就抱著地圖跟過去的神諭紀錄回來。幹得好。

過去也曾有過山岳神做出火山噴發預告的神諭，因此讓神官們都感到興奮不已。是那種「出現啦——！」的感覺。負責處理收到這類神諭時的應對，好像是山岳神殿的職責之一。

「雖然神諭表示是『最近』，但參照過往的例子，並不是指今明兩天的意思。也有在收到神諭後過了近百年才噴發的事例，因此目前請先放心。」

聽了這個前提，葉卡提琳娜終於放鬆下來，並有點腿軟。

「對於幾位山岳神來說，百年應該也不過是剎那間的事情。話雖如此，也是有在幾個月後噴發的事例，趕緊做好準備才是最重要的。」

嗯——既然是神的啟示，就再說得精確一點嘛！心裡雖然這麼想，但就算是神明，應該也不知道會在何月何日何時發生吧。就人類的感覺來說，大概像是好像快要打出一個噴嚏可是打不出來，但過陣子就會打出來那樣的狀態吧？抱歉用了這麼不衛生的比喻。

上輩子的火山預測都是要透過文獻之類的資料計算出噴發週期，並在有可能噴發的山設置地震儀並記錄火山性地震，或是測量地磁場之類的吧。相較之下，像這樣完全不用耗費半點勞力就能得到準確的預報，CP值實在超高。嗯，果然還是很令人感激。

「身為森林農業長，我會先到那位神的山看看，就算只是遠觀也好，我都必須實際看過才行。在預測噴發會對森林及農地帶來多大損害的同時，也要先掌握好附近村落的避難所。」

原來如此，弗利先生說的對。要從山的形狀、地形去預測損害程度，光靠地圖恐怕會很困難。何況這個世界跟時代的地圖，完全不像上輩子那樣還有等高線之類的那麼精確。雖然危險但確實需要到當地進行確認。真不愧是野性生活的現場主義。

「你說的對。而且只要去到當地，是不是就能透過火山口的噴氣還有周遭地震的情形，在某種程度上預測出噴發的時期呢？」

火山性地震跟噴氣很頻繁的話，可能近期就會噴發了。只要去跟附近的村民打聽，就能知道最近有沒有什麼變化了吧。

「各位神官有沒有關於噴發前兆的知識呢？能不能請各位跟弗利卿一起前往那座山，確認一下是否快要噴發？」

「是的，累積關於火山的知識，是我們的職責。我們會挑選出熟知這方面知識的人前往。」

「麻煩你們了。還有一點，能不能從文獻中調查那座山以前噴發時造成的損害程度呢？」

「我們立刻著手進行調查。」

看起來相當資深的神官拍了拍胸脯。

雖然話是這麼說，跟上輩子不一樣，不是搜尋一下就能找到想看的紀錄。想必要靠人海戰術翻找紀錄才行。啊～好想數據化。

「關於避難所，這座舊礦山還留有過去礦工的宿舍。不再開採鐵礦石之後，現在只使用其中一部分而已。那裡應該變得滿破舊的，但還是可以先確認一下狀態。」

「這是個很好的提案，艾倫大人。如果幾個月後就會噴發，就必須立刻著手準備避難所才可以。」

擅自採取行動好像不太好，但現在是緊急情況，兄長大人想必也不會視為太大的問題。

「得跟兄長大人報告才行。我回去直接跟他說是最快的方法嗎？還是要請哪一位騎士先快馬回去通報比較好呢？」

「在我看來，就算快了一點回去，只靠通報的資訊閣下應該也會很難下指示。還是由大小姐將詳盡的內容回報給閣下比較好。」

「既然弗利卿是這樣判斷，那就這麼辦吧。」

這時，山岳神殿的神官長對葉卡堤琳娜低頭致意。

「年紀輕輕的千金小姐在面對這樣的突發狀況，竟能如此冷靜地做出應對……而且還懂得噴氣或地震等噴發前兆之類的事情。大小姐的聰慧令人欽佩。」

啊，不是，只是開啟了上輩子社畜時代對於出包應對的模式而已。

不過，原來如此，火山性地震之類上輩子的常識，在這個世界是特殊的知識嘛。理所當然地說出口好像不太妙。但面臨緊急狀態，也顧不了這些事了。

「我才欽佩各位的應變能力。山岳神殿的職責不只侍奉神而已，也會協助拯救現世的人們呢。」

「不敢當。過去賢公瓦希里公表示不能只是單純接獲神諭而已，並定下山岳神殿應負的職責。」

瓦希里公真不愧是效率主義者，就算是宗教設施也會要他們奮力工作呢。把直到事情實際發生在人類社會為止都當作是神諭的感覺。

換作是上輩子，因為政教分離的關係都要戰戰兢兢地處理事情，但尤爾諾瓦的政治是將宗教納入統治的一環。不同的是，山岳神殿的神明是真的會現身，因此不用擔心相關人士會拿宗教當幌子來實現自己的欲望，這想必也帶來很大的影響。

像皇都的太陽神殿，可能就是因為神明不會那麼經常降臨，因此大神官之類的都很自作主張的樣子。

「誠如大小姐所言，多虧了神諭，想必將能拯救許多村莊吧。若非神明賞識前來參拜之人，是不會給出這樣的神諭。這次竟有三位神明降臨，可見大小姐是很受到神明喜愛的人物。還請務必再次前來參拜。」

「像我這樣的人……應該說，這是因為兄長大人的領政受到神明賞賜吧。」

不過下次還有機會的話，真想悠哉地在山岳神殿參拜一番。希望可以讓我仔細端詳神明的石像，並請他們跟我介紹怎樣的山有著怎樣的神明。

好了，接下來又要請馬夫跟馬匹們努力加緊腳步，趕緊回去吧。

兄長大人！就一如在夢中約好的，我會盡快回去喔！

雖然附帶有點緊急的報告就是了！

「弗利卿，請別做些危險的事喔。絕對不要靠近火山口附近，確認過周圍的狀況就請回來。即使還沒看見噴發的預兆，也不知道會突然發生什麼事情。請務必記得要好好保護自己。」

「大小姐，請您不用如此擔心像我這樣的老人。」

決定好應對方針之後，面對葉卡堤琳娜不斷的叮囑，弗利笑開那張曬黑的臉龐說：

「我深知這次的目的是要掌握現況。絕對不會窮追不捨。」

「也是呢，我這樣擔心弗利卿，真是太不知分寸了。請原諒我的無禮。然而，弗利卿對兄長大人來說是不可或缺的人物。」

對兄長大人來說，祖父大人永遠都是不變的指標，也是目標。因此身為祖父大人摯友的弗利先生，可說是特別的存在。

即使是科學遠比皇國還要發達的上輩子，我記得也有一對世界級知名的火山學者夫妻在九州的火山爆發時喪命。意料之外的事態，發生時就是難以避免的吧。

「這番話實不敢當。不過，閣下最重視的還是大小姐。請您盡快回去，讓閣下見見您平安無事的身影。」

說的也是呢，兄長大人是妹控嘛。

但弗利先生已經完全習慣稱呼兄長大人為閣下了呢。以前就只有弗利先生還在以「少爺」稱呼。少爺這個稱呼讓我覺得有點萌。

不過，這也代表在弗利先生眼中，兄長大人變得更加可靠了，應該要感到高興才對。

話說回來，身為森林農業長——這個長官地位的人，一天到晚前往野性生活的現場最前線真的好嗎？

當我這麼想，才得知森林農業長該做的實際業務，幾乎都將處理權限轉讓給第二高位的副長去交辦的樣子。

而且，雖然讓弗利先生擔任森林農業長的是祖父大人，但其實本來是想找那位副長擔任。可是他的身分低微想必會引起周遭的反對，這肯定會讓他本人工作起來也非常辛苦。因此就讓侯爵家出身，以身分來說任誰都不會有怨言的弗利先生擔任長官，打造出讓副長容易做事的體制。

所以就算弗利先生像上輩子國民級時代劇當中登場的隱士一樣在領地內漫遊，工作也能夠順利運轉。這樣的體制已經延續了很久，大家都對副長是實質長官這個狀態有所認知，因此弗利先生也差不多想辭掉森林農業長，並將這個位置讓給副長，但對方堅持希望維持現狀。

『實權在自己手中，但責任全都可以推卸給您。我可一點也不想捨棄這麼划算的立場。』

讓人忍不住吐槽「喂，也太老實了吧」。是能理解啦！上輩子的社畜是盡全力同意這樣的想法沒錯啦！

但既然是祖父大人這樣的策士，說不定是為了讓不想站在長官立場的弗利先生答應任職，才會這麼安排。當然本來是想請副長擔任這件事也不是謊言，但我覺得現在這樣的體制很有可能正是祖父大人所期望的最佳平衡。像是投注在大王蜂的森林等尤爾諾瓦大自然的愛，以及不會倚靠身分地位，主動採取行動的態度等，對尤爾諾瓦來說十分重要的這些事情，都體現在弗利先生身上。

另外，要一起前往火山當地進行調查的山岳神殿神官，也決定由在接收神諭後，神明離開時就拔腿衝去拿地圖及紀錄過來的那位年輕神官出任。

不但年輕力壯還很靈光，跟他談過之後得知他的知識相當豐富，似乎也明白火山氣體的危險性。話雖如此，也並非明確有著「火山氣體」這樣的定義及名稱，而是從經驗上得知火山會噴出看不見的毒氣並堆積在周圍，但在這個時代光是知道這點就很足夠了。

「弗利卿具備風屬性的魔力。若要進到空氣混濁的地方，請務必記得要招風吹散那些毒氣。你們都要多加小心。」

「謝、謝謝大小姐。我會盡全力保護弗利卿的安全。」

「謝謝。你也要平安歸來喔。」

葉卡堤琳娜投以微笑之後，那位年輕神官整張臉都紅了起來，弗利便露出像是在看好戲，又像是感到同情般的表情看著他。

就算是再急迫的旅程，也需要做足準備。尤其是弗利跟神官，他們必須取得地圖跟火山附近村莊的情報，然而那不是向山岳神殿索取，而是要借用行政官所持有的資料。

在等待那些資料準備好的期間，葉卡堤琳娜捨不得和大家道別，便跟弗利、艾札克、艾倫四人共進午餐。

雖然是年紀差距有點大的一行人，但大家相談甚歡。不但聽弗利跟艾札克聊起祖父謝爾蓋的趣聞而驚訝不已，更發現原來艾倫跟弗利的部下，也就是森林農業副長很熟稔。

葉卡堤琳娜覺得能跟艾札克聊天很開心，也很欽佩虹石魔法陣的理論直到確立為止的經驗過程，當弗利說起植林的事情，便讓艾札克感到佩服不已。

「只是靈機一動的點子而已。被叔公大人這樣稱讚，讓我覺得很不好意思。」

「我就想不到那樣的點子呀。葉卡堤琳娜很聰明呢。妳跟阿列克謝的感情好嗎？」

「是的！兄長大人總是待我非常溫柔體貼！」

見葉卡堤琳娜握拳這樣強調，大家都不禁笑了出來。

「哥哥大人也總是對我很好。阿列克謝跟妳都各有與哥哥大人相似的地方，真令我開心。我很期待能與你們在皇都相見的那一天。」

就這樣，葉卡堤琳娜總算踏上歸途。

在六騎騎士的保護下馬車不斷前進。跟來程時一樣，是一趟說是強行軍，但也滿悠哉的旅程。

離開舊礦山之後，街道延伸進森林裡。穿梭在蒼鬱又繁茂的深邃森林中，道路朝著北都綿延而去。

就算很急，也無需勉強。只要在日落前進到住宿處，並在天亮時起床盡早出發便來得及。

現在正來到大王蜂的地盤，也就是森之民的森林附近一帶。街道旁有個冒出湧泉的地方，便停在這裡給馬匹休息，讓牠們喝點水並吃點草。葉卡堤琳娜則是有時跟蕾吉娜與獵犬們玩耍，有時幫馬匹刷毛卻掉下一團毛而惹得大夥一陣發笑，或是要米娜丟出樹枝讓獵犬們撿回來，就像這般，休息時間也過得很開心。會請米娜丟樹枝是因為就算葉卡堤琳娜扔了出去，距離卻短得不像話的關係。

這時，蕾吉娜無意間將那龐大的身軀靠上葉卡堤琳娜。

「蕾吉娜，怎麼了嗎？」

摸著蕾吉娜時，葉卡堤琳娜這才發現。

蕾吉娜的體毛都倒豎了起來。

其他獵犬也紛紛靠了過來，不是自喉頭深處發出低吟，就是坐立難安地走來走去。察覺獵犬們的眼睛都注視著同一個地方，葉卡堤琳娜也朝那裡看去。

只見有一隻黑色的大鳥正停在樹枝上。

就跟烏鴉一樣全身漆黑，但身形跟猛禽類很相近。不知道是鷹還是鷲？

黑色的猛禽類……

「大小姐！」

女僕米娜趕緊跑了過來。站在葉卡堤琳娜跟那隻鳥之間保護著她。

「請趕緊回到馬車。總覺得那隻鳥……很奇怪。牠的氣息很不對勁。」

「我知道了。」

葉卡堤琳娜一點頭，黑鳥與此同時就張開雙翼飛了起來。

米娜沒有一絲破綻地將葉卡堤琳娜護在身後，並目送著牠，以生硬的聲音說：

「大小姐，那不是普通的鳥。」

「是啊……會不會是以前聽弗利卿說過的那隻鳥呢？」

龍告鳥。

據說是玄龍的部下，抑或是分身。會將自己所見所聞轉達給玄龍，像是斥候的存在。

沒錯。葉卡堤琳娜這麼說著，就在此時。

原本一望無垠的晴空頓時蒙上陰影。

伴隨著轟——的一聲巨響，一道強風颳起，樹梢也跟著擺盪。

即使一頭藍色長髮隨風捲起，葉卡堤琳娜也毫不在意，只是一味地仰望天空。

延伸到比樹頂端更加遙遠的天邊，出現了又長又大的黑色龍頭。

火焰燃燒般的赤紅雙眼，從遙遠的高處俯瞰人類。

面對這突如其來的狀況，葉卡堤琳娜一句話也說不出來。因為她所看見的畫面實在過於超乎現實。

未免太過巨大。

簡直就像電影一樣。

而且還是那個，日本電影界首屈一指的大明星。豈止進軍好萊塢，最後甚至還被ＮＡＳＡ認定成為星座的，怪獸電影的正宗始祖。

所以我們大概是開場不久就遇到的路人角色囉？

在這之後會被「咚！」地踩扁的那種。

「大小姐！」

歐雷格等六騎騎士飛奔過來，為了保護葉卡堤琳娜而將她團團圍住。他們紛紛架起短矛跟刀劍，一點也不畏縮地直直瞪視著巨龍。

勇猛果敢，精練勇銳的尤爾諾瓦騎士團。

然而——與仰望的巨龍相較之下，只是螳臂當車。

「大小姐，小心腳步。請進到馬車內躲起來。」

米娜牽著葉卡堤琳娜的手，帶她走向馬車。

然而。

轟咚！

大地一陣撼動。大家一瞬間感受到幾乎騰空的衝擊。玄龍巨大的前腳就一腳踏在附近的地面上。

那雙紅色的眼睛直直地緊盯著葉卡堤琳娜。

米娜依然為了保護葉卡堤琳娜不受到衝擊而環抱著她的身體，像在觀察玄龍會怎麼出招而停下動作。

——這時，葉卡堤琳娜總算回過神來。

我要振作點啊！

我是在場所有人之中身分地位最高的。我是領袖。快想想辦法。快做出判斷。

這個狀況下，若是有個差池，大家都會面臨生命危險。

眼前絕對就是魔龍王弗拉德沃倫（龍模樣）。能將皇都化作一片火海，一腳摧毀皇城，足以讓皇國滅亡的絕對強者。

他的存在有辦法重現上輩子在電影裡常會看見的，一腳踩扁想要逃離的車並起火燃燒的場面。絕非可以逃開或是正面迎戰的對手。

但是，我知道。

這頭巨龍是少女戀愛遊戲的隱藏版可攻略對象。會變身人類，也能成為可以被芙蘿拉攻略的其中一位帥哥。

具備知性跟情感，是可以溝通的對象。

做出決定，採取行動吧！

「米娜，放開我。」

「大小姐。」

米娜睜大雙眼，但葉卡堤琳娜用果斷堅決的動作，從米娜的雙臂中鑽了出來。

「歐雷格大人，還有各位。請將刀刃收起來。不得無禮。」

「大小姐，但是……！大小姐？」

依然面對著巨龍的歐雷格維持著警戒姿勢做出回應，當葉卡堤琳娜經過身邊向前走去時，他感到相當錯愕。

踏著沒有一絲遲疑的步伐走到玄龍面前之後，葉卡堤琳娜緩緩地行了一個美麗的跪禮。跪得既深，又久。這代表最高敬意，本來應該是向皇帝皇后行的禮儀。

「統率魔獸的北之王，能見到您是我等榮幸。我是在人世間統治這片土地的尤爾諾瓦公爵家之女，名為葉卡堤琳娜。請問您是有要事找我，才會來到此地嗎？」

這麼問完，隔了一段空檔。

突然，玄龍動了起來。

漆黑的龍低下頭，一張臉便迫近地面而來。靠近後，更加感受到其巨大的程度。

那副外貌就跟上輩子在各種作品中看到的龍一模一樣。全身覆蓋著漆黑的鱗片，嘴裡是一整排尖牙。散發炯炯光輝的雙眼，熊熊燃燒著赤色、紅色、朱色等各種紅色色彩，就像火焰一般吸引著所見之人。頭上長著讓人聯想到惡魔的一對巨大的角，上頭還有好幾支像角一般隆起的東西延伸著，模樣相當令人畏懼。

「葉卡堤琳娜．尤爾諾瓦。」

這道聲音既低沉，又像是地鳴般的轟隆巨響，迴盪在山谷之間。

葉卡堤琳娜倒抽了一口氣。玄龍喚出了她的名字。

玄龍接著說：

「喚出名字吧。」

咦……？

這句話完全出乎葉卡堤琳娜的意料，但無意間，一番話從她的記憶深處浮現。

『那確實是北王之名。』

『然而，人類不可能會知道其名。』

月光讚揚的漆黑美貌——死神。

玄龍接著說道：

「若知其名，喚出來即可。喚出我這北王之名吧。」

難不成……

雖然無法理解玄龍的意圖為何。但是，自己並非站在能夠選擇如何應對的立場。只要對方有那個意思，光是揮下前腳，豈止自己，就連米娜還有騎士們，所有人都會喪命吧。那就真的跟電影中的路人一樣了。

下定決心之後，葉卡堤琳娜答道：

「您的名字是……魔龍王弗拉德沃倫大人。」

從沒想過對方會是這樣的反應。

四下響起一道笑聲。而且還相當嘹亮。

風再次颳起。一道猛烈的強風吹襲而來，讓葉卡堤琳娜不禁閉上了雙眼。

再次睜眼時，空中已經不見玄龍的身影。

但在離地幾公尺高的地方，一位男性沒有踏在地面，而是若無其事地佇立在半空中。

高挑的身形穿著古風的黑色服裝。與一頭長長黑髮形成對比的白皙肌膚，紅色的雙眼就像在燃燒一般散發光輝。

（出出出出、出……）

僵在原地仰望著男人的葉卡堤琳娜，已經結巴到說不出話來。

（出、出現、出現啦……！）

魔龍王弗拉德沃倫（人類模樣）！

因為是隱藏版可攻略角色，所以上輩子在玩少女戀愛遊戲時也不曾看過。但是，當我在調查能不能攻略兄長大人時，曾無意間看到他的圖像跟角色介紹。

看到那個圖像時，我有點動心地想過要不要攻略一下。因為他真的太過帥氣，是絕世美男子。

可是太天真了！當時的自己太天真啦！

圖像中的他，完全不能跟本人帶來的衝擊相比好嗎——！

那副美貌輕輕一笑。

接著，他從半空中緩緩降下，並站在葉卡堤琳娜的眼前。

「有著從異世界過來的靈魂的女孩啊。跟我過來。」

這麼說著，弗拉德沃倫一把將葉卡堤琳娜抱了起來。

「放下大小姐——！」

米娜咆哮般這麼喊道，並急奔向前。

當她以超乎常人的速度跑到葉卡堤琳娜身邊後，便拿出不知道預藏在哪裡的短劍（匕首）襲向弗拉德沃倫。

然而，短劍只是劃破了虛空。

弗拉德沃倫以戰鬥女僕米娜的雙眼也追不上的速度閃過攻擊，他依然抱著葉卡堤琳娜，再次佇立於半空中。

「看妳身上好像流著魔物之血，但也不想想我這個對手是誰。」

「少囉嗦！」

換作一副夜叉般的相貌，米娜一躍而上。

驚人的是她在沒有助跑的狀況下就跳起好幾公尺，而且觸碰到了。但是，弗拉德沃倫又從米娜伸手的地方，移動到更高處逃開了。

「大小姐！」

歐雷格等騎士以及獵犬蕾吉娜都紛紛跑了過來，卻因為武器根本無法觸及那個距離，只能咬牙切齒地看著。葉卡堤琳娜就在他的懷裡，所以也不能投擲武器。蕾吉娜應該是因為身上的魔獸之血迫使牠臣服於魔龍王，只見牠連一聲咆哮都喊不出來而痛苦地掙扎著，其他獵犬們甚至只能趴伏在地動彈不得。

「哼。」

聽見弗拉德沃倫感到無趣般喃喃的聲音，葉卡堤琳娜只覺得背脊都涼了。人類這樣的行徑會不會讓他感到不悅呢？說不定他正想著排除這些人。魔龍王呼出的火焰吐息，就算是維持人類模樣，很有可能也具備同等的攻擊力。

葉卡堤琳娜從弗拉德沃倫的懷中探出身來。

「米娜！歐雷格大人！我只是受到邀請，稍微去歡談一番。各位請在原地待機，不要採取行動。這是命令！」

這還是葉卡堤琳娜第一次說出「命令」這個詞。米娜跟其他騎士們全都不禁僵在原地。

可能覺得時候也差不多了，弗拉德沃倫便向更高處的地方移動而去。

「大小姐——！」

米娜悲憤不已的喊叫漸漸遠去，再也聽不見了。

沙沙——

耳中響起雜訊般的聲音，這才意識到自己已經漂浮到跟剛才的幹道週邊完全不一樣的地方，讓葉卡堤琳娜不禁睜大了雙眼。

這是哪裡啊！

忍不住到處張望環顧四周並仔細思考，這裡似乎是在尤爾諾瓦的山岳地帶中，海拔特別高的那座山的……半山腰吧。

底下是一片覆蓋著綠色森林的綿延山峰。那片綠地、那片植被，都在告訴我並沒有離開尤爾諾瓦的領地。

即使如此，還是截然不同的另一個地方。

這該不會是轉移吧？

難道我體驗了上輩子的漫畫或動畫中常會出現的瞬間移動？

太猛了吧——！

「……妳感覺真開心啊。」

啊！

回過神來的葉卡堤琳娜，朝著用公主抱抱住自己的人物抬頭瞥了一下。

然後馬上就瞥開視線。

不得了。視野中看見了很不得了的東西。

死神大人也是個絕世美男子，然而那是在夜晚，還是在月光底下，呈現出一種異樣的美感，所以才能勉強冷靜以對。

但這是大白天底下的極近距離。

天啊。思考要衝到平流層的另一端了。

「為什麼不看著我？」

呀啊——連聲音都超好聽！

因為回過神來的關係，總算意識到這點的葉卡堤琳娜不禁在內心大叫。

兄長大人也是低沉好聽的聲音，但魔龍王的聲音更低。以上輩子曾加入合唱團的知識去分類的話，兄長大人是男中音，他就算不是男低音，也會被分類成男中低音吧。

在貼這麼近的狀況下聽他說話，聲音感覺都會直接竄進身體裡，拜託不要這樣！

不，這不是可以自亂陣腳的情況。我要加油！

趕快回想起來吧，無論是怎樣的美男子，這裡都不是我的好球帶。

正中我紅心的——是兄長大人！

緊緊握拳堅定決心之後，葉卡堤琳娜用一臉堅定的表情看向弗拉德沃倫。

想必是那樣的表情很可笑吧，只見絕世的美貌揚起「呵」的微微笑意。

……葉卡堤琳娜馬上瞥開了視線。

「那個……請您放我下來。」

「妳這麼輕，不算什麼。」

哎呀，真有禮貌。

說穿了這個人……不，雖然不是人，總之他深知自己的臉會帶給人類多大的威力，而且還像是在看好戲的感覺。或許他並不是至今都不曾與人類有所牽扯。

有話好說？

啊……這讓我回想起五一五事件（註：大日本帝國軍人殺害首相的暴亂事件）中，犬養毅這麼說了之後還是被回上一句「毋須贅言」就遭到槍擊。不，不要相提並論，沒事的。畢竟他是可攻略對象。

「恕我直言，在我們的習慣之中，女子是不被允許與家人以外的男士有身體上的觸碰。這讓我覺得很不自在，希望您能放我下來。」

「原來如此。」

弗拉德沃倫輕聲笑了笑。

接著，就像在空中滑行一般移動。

哇～～

這到底是什麼原理啊？好神奇～～

但這麼說來，我之前有讀過文章說，以科學角度來看龍那樣的身形不可能飛得起來。就算有翅膀，也因為身軀太過龐大，對翅膀面積來說應該會太過沉重所以飛不起來。

即使如此還是能飛起來的話，那以人類的身軀浮在空中應該也不是什麼值得驚訝的事吧。

應該是魔力起了某種作用，但我現在就連帶來那個某種作用的魔力，都完全感受不到。

……看來我真的是盡全力在逃避現實耶。

降落在半山腰的一處岩石地帶之後，弗拉德沃倫讓葉卡提琳娜坐在一塊高度剛好的岩石上。

周邊連綿的山峰都一覽無遺，眺望過去的景色絕佳。說不定總有一天，這裡會成為大受登山客歡迎的絕景景點。

「我似乎有違了你們的習慣，抱歉。」

哎呀～～

上輩子光看圖像還以為是個很自我中心的角色，好像並非如此。

「您不必道歉。非常感謝您聽進我的期望。」

「妳還真冷靜啊。人類大多光是被拉上半空中就會哭天搶地的以為要被殺了一樣──難不成人類在異世界也能飛上天嗎？」

不，當然不是這樣，不過……

上輩子有飛機，也有飛行傘跟滑翔翼。日常生活中也都能在電視或網路影片上看到透過空拍機拍攝下來的光景。

而且，無論上輩子還是現在我都不怕高，還超級喜歡坐雲霄飛車，或許這也有影響吧？

呃，我也該吐槽自己一下不用跟著吐槽！

「請問，魔龍王大人，您怎麼會知道我的靈魂來自異世界，以及有著上輩子記憶這些事情呢？」

這麼一問，弗拉德沃倫很乾脆地答道：

「死神跟其夫人來找我，並說了妳的事情。」

果不其然——！

也是呢！這世界沒有其他人知道這件事嘛！

就連炎狼神大人也只說我是「奇怪的靈魂」，應該也沒想過竟然是異世界產的吧！

但竟然特地去找他說這件事？

嗚哇——為什麼啊！

「他們都很賞識妳呢。也很掛心妳——妳平常都是住在皇都嗎？」

「是的……是這樣沒錯。」

「死神無法踏入皇都。因為皇都有太多人將他們各自奉祀的神明帶進去，結果現在變成飽和狀態了。」

啊。

這麼說來，之前好像有聽說過因為皇都的神明密度太高，有人想建造新的神殿並招來神明時，就被神明託夢說「已經太滿了進不去，沒辦法」（意譯）。

……原來那是真的啊。

「死神絕非孱弱的存在。就連我，只要是有性命之身，就難以違抗死神。但既然現在不受人信仰，更違背自己掌管的道理，因此以諸神的基準來說確實是有弱化。」

違背道理是指塞勒涅小姐吧。要說與亡者一起待在這個世間是有反死亡之理，或許是這樣沒錯。

「死神應該是認為妳若在皇都發生了什麼萬一，將會無法前去救助，所以才會想把我牽扯進去。」

死神大人是擔心創造神的事情，才會怕我在皇都發生什麼意外吧。沒想到……竟然替我掛心到這個地步，真是不敢當。

……但說真的，這個狀況對我來說是一場危機耶。

「儘管活了這麼久，甚至被人稱作神的程度，但諸神之間的事情跟我沒有關係。我不喜歡皇都。光是看到一群人類喧喧嚷嚷地聚集過來，我就會想把他們全燒了。」

拜託不要這樣，這可不是開玩笑的。

「但聽到妳的事情，帶有異世界記憶的女孩，我就很感興趣。我活了三千年左右。曾經遊覽過這個世界，也見識到很多……但我膩了。無論是北方極地的冰原，還是東方極端的水平線，我早就看膩了。然而，妳知道截然不同的世界對吧。那令我久違地再次產生了興趣。妳的世界是個什麼樣的地方？說來給我聽聽吧。」

果然是自我中心的傢伙！

不要因為這種事情就用那種方式把我帶過來啊——！

現在是一千零一夜嗎？我飾演的應該是雪赫拉莎德公主。

故事中的國王因為被王妃戴綠帽，就喊著「我再也不相信女人了！」，隨後便陷入厭女情節之中，並將每個陪伴過夜的女性都在隔天早上斬首殺害了對吧。

……這樣仔細想想，真的不是鬧著玩的。

我應該跟雪赫拉莎德公主一樣，被他掌握著生殺大權吧。無論魔龍王想把我怎麼殺怎麼剮都能辦到。

就算不會吃掉我也不會燒了我，只要把我扔在這個深山之中，就不可能生還了。我完全走到死棋。

可以用再平和一點的方式來找我吧，只要是我能接受的理由，要講多少關於上輩子的事情都沒問題啊！

把我帶到這種地方就要我娓娓道來，也太沒道理了吧——！

葉卡堤琳娜拚命地忍下內心這樣的吼叫。

我要加油。上輩子社畜可不是當假的，一直以來都應付過那麼多不講理的客戶跟上司不是嗎？

回想起來吧，面對不講理的客戶時，基本的應對就是認同與交談。雖然這是我個人的理論啦。

首先要一邊點頭一邊全面性聽取對方的要求，並在理解客戶真正的期望之後，將各種面向綜合起來提出一個最合適的解決方案。

最後就靠氣勢強推到底！

雖然他的臉有點帥氣，但就把他想成是客戶，冷靜應對吧。

與其說有點，應該說太過帥氣就是了。

根本不可能有這種客戶就是了。

但還是要冷靜。然後做出應對。

我要加油。

「我話說在前頭，就算妳不說那些事情給我聽，我也不會對妳怎樣。就像我剛才講的，我也是有生命之身，身在死神的道理掌控之中。而妳是受到死神賞識之人，尤其是那位夫人。」

……咦？

難道是跟死神大人那時一樣，想法都被看穿了嗎？

「我只是說了妳在這個狀況下可能會想的事情而已。我沒辦法窺視人類腦中的想法，也沒必要這麼做。」

……是喔。

「妳要是不想說，我就會立刻將妳帶回原本的地方。儘管放心吧。」

既然如此，就不要用這麼粗魯的方式把我帶來啊……腿都軟了。

見到葉卡堤琳娜嘆氣，弗拉德沃倫便快活地笑了起來。

他應該是故意在戲弄我的吧。可惡。

就算是絕世美男子，也不會有帥哥無罪這種條款喔！

只是我的氣勢會有點被削弱而已！

「……長達三千年的生命，是我完全無法想像的事情。如果我上輩子的事情能慰藉您感到索然無味的心，我也不會吝於分享。請問您對什麼樣的事情感興趣呢？」

「不知道。我一點也不了解妳的世界，不知道該怎麼問才能聽到有趣的事。」

「那就承蒙您方才所言，從『在我上輩子的世界，人類是不是可以飛上天』回答起吧。是的，在我上輩子活過的那個世界，人類確實得到了可以飛上天的辦法。」

看到弗拉德沃倫睜大雙眼，葉卡堤琳娜覺得心情痛快了一些。

怎麼樣，嚇到了吧。

但要說明這件事可辛苦了。

畢竟這個世界沒有飛機。說穿了，連這個概念也沒有。因此並沒有可以指出是哪種東西的字詞存在。

所以，我也只能這樣解釋。

「在這個世界，我們人類可以用來移動的東西，頂多就是馬車了。但在上輩子的世界中，有著不靠馬匹拉也能自己動起來的，類似馬車的乘坐工具。人類就是仰賴將這個工具裝上翅膀打造而成的東西飛上天的。其中甚至還有可以一口氣讓好幾百人搭乘的巨大工具喔。」

「哦。」

我用這個世界的單位解釋了巨無霸客機的大小之後，弗拉德沃倫咧嘴笑了笑。

「看來大小跟我差不多呢。」

不，你比客機大多了。葉卡提琳娜如此在內心吐槽。我記得在遊戲中，將皇都燒成一片火海的魔龍王（龍模樣）一腳摧毀皇城的圖，大小看起來就跟城堡差不多嘛。

還是說，那其實是遊戲設計師的失誤或誇大？

剛才化身龍模樣時也只能看到脖子附近而已，沒有東西可以拿來比較所以難以做出判斷。

「人類搭乘那麼巨大的工具是要前往哪裡？」

「哪裡都能去。在那個世界，幾乎所有國家都能透過搭乘飛上空中的工具聯繫在一起。飛在比雲還要高的地方，越過大海，運送人們到遠方去。上輩子無論北方極地還是南方極地的冰原，或者沙漠之國，只要人類想去，幾乎沒有到不了的地方。」

弗拉德沃倫眼放精光地看著葉卡堤琳娜。

「妳說南方極地的冰原是吧。南方確實在穿越酷熱的密林諸國之後的遙遠極地，有著一片跟北方極地一樣的冰原。雖然有人類推測出這個想法，但恐怕沒有人類真的知道這件事情。」

「在上輩子這是任誰都知道的事。北方跟南方，兩邊的極地分別稱之北極跟南極。應該是距離我上輩子生活時代的……大約兩百年前得知，是當時的人類發現了那片大地。」

「是搭會飛的工具抵達的嗎？」

「不，當時是搭船。能飛上天的交通工具，大概在距離我生活時代的一百年前左右才製作出來。但早在人類能飛上天的一百年前，就發現南極了。發現的那群人們是穿梭在冰山的縫隙間航行，並抵達那片冰原。」

說真的，我不記得發現者的名字了。關於南極歷史相關的事情，我記得的人物頂多只有跟抵達南極點探險競爭有關的阿蒙森、史考特跟白瀨隊長而已。

弗拉德沃倫輕笑了一聲。

「說得彷彿妳親眼看過一樣。既然這麼清楚一兩百年前的歷史，想必妳上輩子也是出身自能夠受到高等教育的高貴人家吧。」

葉卡堤琳娜搖了搖頭。

「不，那時的我是個平民。上輩子的我出生的國家……應該說我生活的那個時代，並不存在身分制度。人們普遍認為，所有人類都是生而平等。」

「……平等？」

抱持著狐疑，弗拉德沃倫這麼喃喃道。

「是的。所有孩子都有接受教育的權利，六歲之後就會去上學。一直到十五歲結束義務教育為止，都一定要去上課。讓孩子接受教育，是國家以及國民的義務。像是讀書寫字、數學、地理、歷史、外語等，都是所有孩子要學習的東西。」

「簡直就像理想國度呢。」

那帶著嘲諷的語氣，讓葉卡提琳娜淺淺一笑。

「老實說，平等什麼的都只是漂亮話。因為貧富差距等關係，有些人本來就是出身在優渥的環境中，有些人則並非如此。然而在那個時代的那個國家，人與人之間的地位差距已經可以說是在人類史上數一數二的小了。像是我方才與您說到那種程度的事情，對許多人來說都是理所當然知道的常識。」

沒錯。活在這個世界，讓我更深刻體認到沒有身分制度是多麼厲害的一件事。

回顧上輩子的人類史，就會知道取消身分制度這件事，以歷史年表來說真的算是最近才發生。日本也是直到第二次世界大戰敗戰之前都還有華族跟士族之類存在。在那之後，其實還過不到一百年。

就算沒了身分制度，也不代表是真正的平等。曾經一度縮短的地位差距也在近年漸漸拉大。算是社會進步帶來的反作用吧。

第二次世界大戰之後，民主主義之所以會在社會蔓延，也是因為人類史上最大量的死亡及破壞讓整個世界感到厭煩。將那些破壞衝動全部發洩出來之後冷靜了下來，應該就變得有點像進入了賢者時間那樣吧。不，我是不太清楚賢者時間的感覺啦。只是經過一段時間，發洩出來的東西又漸漸累積起來了。

但就算有點來回踱步，人類還是向前邁進了。

葉卡堤琳娜回想起上輩子的事情，總覺得不禁感慨，弗拉德沃倫就看著這樣的她。

接著，他呼出了一口氣。

「看樣子，妳說有著曾在異世界生活過的記憶並非謊言。妳所說的這番話，令人難以想像是個貴族千金小姐的幻想。著實令人深感興趣。」

「您願意相信真是太好了。」

葉卡堤琳娜勾起微笑。

「植林那東西，也是妳基於上輩子的知識提出的嗎？」

「是的。我出生的那個國家，自古以來就有在做這件事。」

高中時代寫報告時有調查過，日本似乎是從室町時代開始。

「在妳上輩子的世界，人類也是想著如何與魔獸共存啊。」

唔。誤會了。

「不，上輩子並非因為那樣的理由才開始植林。那個世界不存在魔獸。不僅如此，雖然傳說中都有提及魔力跟神明，但普遍認為那實際上並不存在。」

「不存在？」

弗拉德沃倫睜大了雙眼

「怎麼可能。沒有魔力的話，妳說的那個工具又是怎麼飛上天的？」

啊！他自己腦補飛機是靠魔力飛上天的！

但我沒有提及關於動力的事情，也是無可厚非，應該說他當然會這樣想。但、但是要怎麼說明啊！

「用油當燃料，那股熱度就會轉換成力量了。是靠那股力量飛上天的。」

我也只能解釋到這個程度了……

基本上應該沒錯喔。若要超簡略地解釋引擎，應該就是這樣運作的吧。

「油……」

弗拉德沃倫感覺不是很能接受地這麼喃喃道，讓葉卡堤琳娜不禁瞥開視線。光是去想那在那他腦中會想像成什麼樣子，就覺得很可怕。他應該不至於想像有個類似巨大提燈的東西飛在空中吧。

話說回來，這樣的美男子露出一臉不太能接受的表情，反而讓他的美貌更添了一點可愛，成了更加危險的東西，實在太恐怖了。

「沒有魔獸，沒有魔力，也沒有諸神是吧。」

弗拉德沃倫那雙燃燒般的紅色眼睛看向葉卡提琳娜。

「那就沒有任何東西能給人類帶來威脅了。」

喔，原來他是這樣想的啊！

還以為他在想像提燈，真是不好意思。

「也不能說是沒有任何威脅。像在面臨火山噴發、地震、洪水等自然災害時，人類也不過是渺小的存在。但是……上輩子對人類來說，確實沒有像您或是諸神那樣壓倒性的存在。」

「人類就能為所欲為了啊。」

唔咕。

「您這樣說……確實並非過言。」

因為也確實如此。

究竟有多少動植物因為人類而滅絕呢？

我曾在某個地方讀過一段話提到，人類帶來的影響而導致地球上有四分之一動植物瀕臨滅絕危機。這讓我覺得相當衝擊因此印象很深刻。

相較之下，世界人口變遷圖表在大約這兩百年來呈現急速上彎的曲線。十八世紀末期，世界人口好像差不多有十億左右。那剛好是個臨界點。在那之後大約兩百年內，人口急速增加到七十億還八十億，也有人說到達百億人口的日子不遠了。

上輩子有種「人類是貪食掉這個世界而壯大」的說法，並不全然是錯的。

……十八世紀末期，大概就是進入工業革命時期吧。

這樣一想，好比這個世界的蒸汽機的，就是艾札克叔公大人的虹石魔法陣。不知道又會如何改變世界，令人不禁感到害怕。

若看上輩子工業革命所帶來的優點，人類克服了很多種疾病、改善營養狀態，而且治水之類的技術也日新月異，原本無法居住的地方也變得適合人類居住，很多人才有辦法活下去。

然而，那也等同於剝奪了許多其他生物的棲息地，並逼使牠們走向滅絕的程度。

最終造成全球暖化，也加劇了氣候變遷……全都反噬到我們自己身上。

虹石魔法陣不用擔心造成暖化現象。就這點來說很令人感激。

而且這個世界有著玄龍、翠龍等力量近乎神明一般強大的龍存在，不會允許人類破壞大自然。人類要是太過恣意妄為也會觸怒神明，降下災禍。大家會害怕這些事情，因此這也算是防堵了人類過度發展吧。這點就跟上輩子大相逕庭。

在我過勞死之後，那個世界變得怎麼樣了呢？

有沒有想出一些解決之道了呢……

「怎麼了？」

弗拉德沃倫這麼一問，讓葉卡堤琳娜回過神來。

「恕我失禮。我只是回想起為所欲為的結果，也會造成自身的毀滅。」

「在妳上輩子，人類滅亡了嗎？」

「不，當我上輩子的性命結束時，人類在世界上依然繁榮。但那樣的榮景對世界造成很大的影響，逼得許多物種面臨危機，也出現了很多就連人類能否繼續存活都很危險的警訊，因此要大家警惕的聲浪也越來越大。我無法得知人類是否能夠撐過那場危機，因此才會覺得在意。」

「即使滅亡也一點都不奇怪。過分的榮景會迎來滅亡可說是定律。更何況是改變了世界，還害得其他許多物種滅絕所得到的繁榮。」

活了三千年，還是最強無敵的龍乾脆地這麼說，讓葉卡堤琳娜不禁苦笑。

「看來就算在異世界，人類也是貪婪的生物呢。竟然給世界帶來那麼大的危機啊。」

「您說的對。然而，真的只有人類特別是如此嗎？只要是活著，而且要活下去的生物，全都會想盡全力活到最後吧。吃著想吃的東西填飽肚子，結得伴侶並產下許多子嗣，並期望那些孩子可以健康地成長，帶來更大的繁榮。會這麼想的，應該不只人類才對。人類不過是有著可以實現這個願望的機會罷了。」

弗拉德沃倫瞇細了紅色的雙眼。葉卡堤琳娜的反駁，好像反而讓他產生興趣了。

「除了人類以外，還有其他繁榮到足以改變世界，並讓許多物種滅絕的生物嗎？」

「從上輩子的研究結果看來，似乎是有的。在久遠以前的遠古時代，實際上曾發生過這樣的事情。」

全球凍結（Snowball Earth）。

曾經有過整個地球都被冰河覆蓋，變成一個結冰星球的時代。據說就連在當時的赤道附近，都發現了冰河遺跡。

那樣的氣候變遷引發了一場大滅絕。

有種說法指出，其原因就出自於某種生物。

「哦？是哪種生物？」

「是海藻。」

葉卡堤琳娜的回答，讓弗拉德沃倫露出狐疑的表情。

「妳說海藻？」

「是的，就是在水中繁茂的那種植物。」

據說引發全球凍結的是一種光合菌，那也能算是一種植物吧。就算不是，在這個沒有發現細菌的世界也無從解釋，就當作這麼一回事放過我吧。

「海藻是要怎麼改變世界？」

「就只是活著，並且呼吸而已。植物也是會呼吸的。但是，植物吸進去的東西，以及吐出來的東西都跟動物相反。植物吐出的氣體含有可以讓世界冷卻的成分。動物則是吸了那個冷卻的氣體之後，吐出讓世界暖化的東西。」

氧氣跟二氧化碳，就連地球初期充斥的甲烷之類，都是這個世界沒有發現，甚至沒有概念的東西，因此也只能這樣解釋。還有與其說是呼吸，應該說是光合作用，植物也會在晚上吐出二氧化碳，但這點也請饒了我吧。很多事情真的都只能講得這麼粗略啊～

「遠在太古以前，小到肉眼看不到的海藻大量繁殖，將能夠暖化世界的東西全都吃光了。整個世界因此徹底凍結，生物也都因此死絕。就連方才您提過的南方密林諸國附近的地區，也全都凍結了。」

「人類怎麼會知道那種事情？」

「只要調查岩石就會得知，上輩子的世界有著這樣的技術。岩石也並非永恆的存在，過去可能是泥濘，也可能是生物殘骸，這些東西漸漸累積起來才凝固成岩石。只要對岩石進行調查，分析出岩石原本是由什麼東西構成，就能得知當時的太古時代發生了什麼事。」

這個世界沒有放射性定年法……呃，算了算了。

「既然凍結到那種程度，世界又是怎麼恢復的？」

「經過漫長的時間，並在火山噴發與太陽的熱度之下慢慢恢復。火山噴發時，也會散發出讓世界暖化的東西。普遍認為是那讓世界一點一點變暖，才融化了冰層。世界是在幾億年前凍結的。據說在冰層融化為止，必須經歷幾千萬年的歲月。」

「……」

露出像是感到傻眼，又像是心有不甘地感到佩服的表情，弗拉德沃倫閉口不言。

「當我上輩子得知這件事情時，不禁覺得人類是種跟海藻相去無幾的生物，有種難以言喻的心情。」

正確來說，我時常在漫畫或是網路上看到「人類不同於其他生物，是會破壞大自然的醜陋存在」之類的發言，當下總會心想，不，只要有那個機會，海藻也會毀滅整個環境，人類並沒有那麼特別。

雖然這樣說，確實有點極端就是了。

不過相對於只是活著並繁殖的細菌來說，人類是靠自己的雙手改變了這個世界。

而且人類跟細菌不一樣，會去做其他生物不會做的事情。正因為預測到再這樣下去會很危險，才會簽定京都協議書還有巴黎協定等，以削減造成溫室效應氣體的排放量。

但排放溫室效應氣體越多的國家越是反對，以至於今後的展望有些負面……而且除了國家以外，還有很多企業跟人民認為比起這種事情，更重要的是經濟活動。

就算用「經濟活動」這個詞去包裝，追根究底還是出自無論如何都想要更加繁榮的動物性欲求吧。

我自己也沒資格說別人。一天到晚加班到深夜，不斷使用電力，過著跟環保相去甚遠的生活。每天為了活著就費盡心力了。

心裡一直覺得反正明天也會跟今天一樣。因為就算看了數字，看了圖表，了解氣候暖化的知識，此時活著的今天也跟昨天一樣啊。實在難以想像未來會迎來滅亡。

不過，早在人類滅亡之前我就先過勞死，現在還背負著滅亡旗標的災厄就是了。

沒有考量到未來，只顧著當下生存下去的結果，就是捲入其他物種並造成滅亡。從結果看來，人類也跟細菌做了一樣的事，結論而言兩者是同樣等級的存在吧。

「但是，無論海藻還是人類，要怎麼成為不以繁榮為目標的生物呢？到頭來，生物的本能就只想著增加更多同伴，並發展得更繁榮而已。上輩子的人類並沒有特別到會產生『既然已經到達繁榮的頂點，因此不能再繼續發展下去』這種想法，難道算是一種惡行嗎？」

雖然也會想，既然人自稱是萬物之靈長，就必須要能抑制本能才行，但都作為生物走到這一步了，想要乾脆地轉換到合適的方向相當困難。

我覺得光是注意到必須轉換方向這件事，人類就已經比至今那些生物還要努力。

畢竟凡事結果就是一切。

只是我不覺得人類就是邪惡，就是醜陋的。無論好壞，人類都跟其他生物也相去無幾。

「大多數的人類都只知道自己要盡力度過每一天而已。可以的話，希望您不要太過討厭人類。」

話說至此，葉卡堤琳娜朝著弗拉德沃倫投以微笑。

弗拉德沃倫輕嘆了口氣。

「……竟是平民啊。在妳上輩子的世界當中，有很多具備這些知識，而且會這樣思考的人類是嗎？」

「是的，正是如此。就如同我方才說的，這些都不過是只要多少抱持一點興趣的人，都會知道的事情。」

對於連讀書寫字都不會的人並不罕見的這個世界來說，會認為任誰都具備這樣的知識，是一件令人驚訝的事情。這更讓我覺得義務教育跟網路社會太厲害了。

不過，我會知道全球凍結，也是從國營頻道的紀錄片節目看來的就是了。電視也好厲害。

而且，「人類也跟進行光合作用的細菌差不了多少，並沒有特別厲害」的論調，只是我的個人觀點。

這時。

弗拉德沃倫跟葉卡堤琳娜對上眼，輕輕地笑了。

咿呀啊啊！

葉卡堤琳娜慌張地瞥開視線。那笑容太危險了！是災害等級！

看著葉卡堤琳娜的眼神不知所措地飄移，弗拉德沃倫又笑了起來。

接著他伸出手，輕觸了葉卡堤琳娜的臉頰。

「死神與其夫人在跟我提到妳時，除了希望我能在妳到皇都時保護妳之外，似乎還有另一個目的。」

這句話讓葉卡堤琳娜嚇了一跳，不小心就轉過頭跟弗拉德沃倫對上了視線。

在這個世界，大家眼睛的色彩遠比上輩子有更多變化。即使如此，我還是從沒見過其他有著紅色雙瞳的人。反而在上輩子，倒是有看過喜歡角色扮演的朋友戴過紅色的彩色隱形眼鏡。

跟那相比，截然不同。

弗拉德沃倫的眼睛，他的虹彩混著各種色調的紅，宛如火焰般搖曳。赤色、紅色、緋色、朱色、丹色、鮮紅……在那虹彩的外緣則是有點暗沉的胭脂色、蘇芳色，以及黑緋色。

這讓我想到日珥這個詞。那是太陽噴出的火焰，也就是Prominence。

像要把人吸引進去一般，難以移開視線。

看起來就跟會自己散發光輝的螢光藍雙眼正好相反，卻似乎又有著共通之處……

腦中浮現兄長阿列克謝的臉，葉卡堤琳娜這才猛地回過神來。

她抓住撫著自己臉頰的弗拉德沃倫的手，將他拉開。

「請、請、請您顧慮我等的習慣！」

「也是。」

葉卡堤琳娜有些神經質地這麼一喊，弗拉德沃倫便覺得逗趣地笑了出來。

「妳真是不錯。其他世界的事情是很有趣，但不單是如此。我至今都沒遇過像妳這樣，在談論起自己的種族時，既不會毫無道理地自豪，也不會隨口輕蔑的人類……這讓我想再聽妳說更多。」

「不、不敢當。」

那是沒差。

但為什麼要坐到我旁邊來——！

好近！太近了靠太近了——！

拚命地想著要怎麼說明上輩子的事情時就算了，在那以外的時候臉靠得那麼近太不得了了。不，不只是臉，還有非凡的帥哥氣場，全部加在一起就是個危險物品。

專門處理危險物品的人可是要考取國家證照的耶。我上輩子考到的國家證照只有情報處理技術專員，跟處理危險物品是隔行如隔山啊——！

嗚哇～～不要看著我啊～～！

「請、請問！您剛才提及死神大人及塞勒涅大人是說了什麼呢？」

「這個嘛，那位夫人特別喜歡妳。說妳都不會怕她，而且不是有所求地給出供奉物，而是單純出自一番體貼好意送出的贈禮，讓她覺得很開心，似乎也回想起久遠以前自己曾有過的『友人』這種對象。」

「這樣呀……」

對耶，獻東西給神明通常就等同於許願嘛。這對原本是人類的塞勒涅大人來說，應該是有點悲傷的事情。雖然那時只是靈機一動，對方既然這麼開心，也讓我覺得有送出這個禮物真是太好了。

……雖然她說自己很幸福，但就算跟喜歡的人在一起，連一個朋友也沒有，還是會感到寂寞吧。

「這是我的榮幸。若是那位大人不介意的話，我也很想再一起聊聊天。」

死亡少女是不是不能換衣服啊？她如果不是穿著那身染血的壽衣，而是可愛的衣服，說不定就不會讓人覺得可怕了。而且就算不理會他人的目光，也希望她可以開心地打扮一番。不知道下次能不能送這樣的禮物給她。

「死神也希望妳這麼做。祂表示只要能讓妻子開心，無論是什麼都想給她——然而人類的壽命短暫。就算得到一時的喜悅，失去時就會更加悲嘆吧。這教他們感到害怕。」

「這……既是無可奈何，也是一項難處呢。」

畢竟是一千年、兩千年這種，存在單位是千年的對象。

就像養了倉鼠之類的小動物，會替牠們壽命之短暫而感到心如刀割的感覺嗎……這讓我心情有點複雜。

「所以才會來找我談起妳的事情。」

不是，這個話題沒有聯繫起來吧。

面對歪頭感到困惑的葉卡堤琳娜，弗拉德沃倫露出耐人尋味的笑容。

「因為只要跟我交合，就能化身為不會變老，就算受了點傷也不會喪命的存在。即使是不同種族，也可以分與妳龍的生命。」

交合是指……

什麼——！

「我不喜歡人類。明明那麼孱弱，卻還是有很多人自視甚高地認為自己這種族是特別的。然而也是有極為罕見的……」

弗拉德沃倫說到這停了下來，紅色火焰般的雙眼直視著葉卡堤琳娜。

「……極為罕見的，像妳這樣的人。讓我不禁去聽妳說話，讓我的目光不禁追著妳跑。就算妳不是從異世界轉生而來，就算妳不會談論關於我所不知道的世界，我也還是中意妳。妳既聰明，又溫柔……」

像在思索接下去的話而歪著頭，弗拉德沃倫微微笑道：

「而且知道世界有多麼遼闊，甚至知道我所不知的悠久歷史。何況，妳還具備足以包容那麼遼闊的世界及漫長歷史的，寬大的精神。」

葉卡堤琳娜只覺得滿心困惑。

「我……不過是具備異世界的知識而已。在那邊的世界，這些事情都是眾所皆知。」

「我不管什麼異世界。只是在這個世界，有著像妳這種想法的人真的十分罕見。更重要的是，我很喜歡妳的想法。

葉卡堤琳娜．尤爾諾瓦。」

弗拉德沃倫牽起葉卡堤琳娜的手。

「妳想不想成為我魔龍王的伴侶呢？」

當機。

葉卡堤琳娜的腦中，大大地出現了寫著「因發生無法預期的問題而將關閉程式」的彈跳視窗。ＢＧＭ是遇到緊急狀況的警告音。

上輩子社畜系統工程師的心理陰影全面啟動過頭，導致停止處理，完全無法思考。

好了，重新開機吧。

修復時的最終手段，按下電源鍵……電源鍵在哪裡……

「還有一件事該對妳說。」

依然牽著葉卡堤琳娜的手，弗拉德沃倫說道：

「妳好美。」

再次發生了無法預期的問題啊！

「所有生物都有各自的美。以人類女性來說，妳有著美麗的外貌，這連我也明白……在這片連峰的深處，有一道人類還不知道的瀑布。流下白色瀑布的岩石表面上，呈現出深沉的青色。青與白的對比，在這世上也很美麗。而妳的色彩，就像那道瀑布一樣美麗。」

弗拉德沃倫的另一隻手，沿著葉卡堤琳娜的一頭藍髮勾勒出白皙臉蛋的輪廓滑下。他的指尖在若有似無的觸碰之間，帶來些微的觸感。

「矗立在大陸正中央的『諸神山峰』一隅，有一座巨大的冰河。在抵達其裂縫的深處，有一處像是寺院的空間……那裡可以看見一種沒有任何人類見識過的，在冰中游泳的魔魚。妳知道冰河之青嗎？那是一片比夜空還更加深沉的青色，像是海底般的青色。在青色的冰之中，一群魔魚散發著金銀的光輝遨遊，自在地搖擺著。那就宛若流星群在夜空中漫遊一般。這個世界有妳還不知道的驚奇，不曾見識過的美麗存在。只要妳希望，我就帶妳去看。帶妳去見識只有我知道的，這個世界的驚奇。

牽起我的手。跟我一起走吧，葉卡堤琳娜。」

——藍色的冰河中，宛若流星群般漫遊的魚……

那是什麼，好想看～～想用上輩子在網路文章中常看到的「此生必看世界十大絕景」般壓倒性的氣勢去看。

但會有這樣的想法也是在逃避現實吧！

被魔龍王牽著手一——直都處於當機狀態，完全動彈不得啊啊啊。

就算腦內一角總算動了起來，也只能想些沒什麼意義的事。

因為我就很不擅長面對這種事啊——！

上輩子在戀愛方面只留下黑歷史而已……我就是個不受歡迎的女人啊……雖然在高中跟大學時，還是各有一次被人告白並交往的經驗就是了。但不知為何，那兩次的對象都很快就變成自我中心的男人，我覺得討厭並分手之後對方就演變成跟蹤狂。最後甚至還對我拔刀相向，兩次的發展都一模一樣……高中時的對象是有點輕浮男的類型，大學時的則是個沉穩的不起眼男子，到底為什麼會變成那樣？我究竟是哪裡做錯了？

不幸中的大幸是兩次都有拜託警察加強巡邏，因此警察伯伯馬上把對方拖走就是了。

那個時候我真的很心累。覺得很害怕……也覺得很難過。

『我再也不想跟男人交往了。一輩子都自己一個人過就好了。我受夠了啦～～』

當我這樣跟朋友抱怨之後……

『說不定這樣也比較適合妳吧。無視其他對象偏偏跟那樣的人交往，妳真的一點也不適合談戀愛。』

朋友一臉正經地這麼回應我，可說是一段慘痛的回憶。

嗚哇～～無視其他對象是什麼意思啊——！我到底是哪裡做錯了嘛——！

所以這輩子我只要當個兄控就非常幸福了！跟那麼完美的妹控兄長大人，妹控兄控一起過著恩恩愛愛的兄妹生活就夠幸福了！

就算對我說成為伴侶，或是牽起他的手之類的話……

儘管對方是我上輩子還是這輩子都從未見過的美男子，而且還說了這種像是求、求婚的話，確實也是會讓我高興到都快昏過去了。因為上輩子不曾被人求婚過嘛，會這麼開心也是理所當然的吧？

我的手很快就變得冰冷。感覺就像腦袋都凍結起來似的。

伴隨一道格外響亮的警告音，思考也跟著下線。關機。

「……我、我的婚姻，要由兄長大人決定。我不能……自作主張地答應。還請見諒。」

由於腦中剛結束各種處理，葉卡堤琳娜帶著顫抖著聲音，好不容易才斷斷續續地做出回答。

「這樣啊。對我說起植林那件事的男人也有說過，妳是尤爾諾瓦公爵的妹妹。所以現任公爵並非妳的父親，而是兄長啊。」

是指弗利先生吧。他之前說過在前往確認是否可以嘗試執行植林時，有遇見據說是玄龍眷屬的龍告鳥，並將關於植林的事做了一番說明。

「妳真的願意這樣嗎？願意照著公爵的決議定下婚姻大事？」

「那是當然兄長大人可是世界上最替我著想的人。」

葉卡堤琳娜突然極力主張起來。就算腦袋關機一半，兄控還是沒有任何動搖。

「我最喜歡兄長大人了。我希望可以幫上他的忙。」

「……哼。」

感覺好像很不滿的樣子，弗拉德沃倫皺起了眉頭。即使如此，還是沒給那副美麗的容貌添上任何陰霾，豈止如此，看起來還更增魄力，令人害怕。

「想得到妳，還必須經過公爵的同意啊。他人在……北都吧。是要我親自前往，去向他打聲招呼之類的嗎？」

無論對於人類的爵位、禮儀還是習慣都毫不在乎的存在來說，那應該是十分繁瑣的事情吧。就葉卡堤琳娜這個人來說，他不但喜歡，而且對方還有死神作為後盾。然而其家族就不過只是普通人類而已。

更何況他就算具備要去跟女方家人見面的知識，應該也沒有真正理解那是怎麼一回事吧。

「太麻煩了。」

稍微思考了一下之後，弗拉德沃倫似乎馬上就不想管了。

「妳已經在我的身邊了。只要就這樣待在這裡不就得了。」

不要再靠過來了！拜託不要再拉近距離！

明明就不知道自己有多強的威力，拜託不要用那張臉靠過來啊——！就說了，我沒辦法處理危險物品嘛！

近距離緊緊盯著超越當機狀態，顯得不知所措的葉卡堤琳娜，弗拉德沃倫輕輕一笑。

那道笑容溫柔到難以想像是足以毀滅國家的最強之龍的表情。

「妳有沒有什麼期望呢，葉卡堤琳娜？」

紅色火焰般的雙眼揪住葉卡堤琳娜的視線。那道好聽的聲音，呢喃著甜言蜜語。

「妳想做的事，想要的東西，我全都可以替妳實現。妳可以維持現在這副美麗的模樣，不會老去地活著。若想住在宮殿，我就替妳建造，並讓我的下屬都化作人類的姿態服侍妳。陪妳到古老神明身邊，聽妳說些睿智的話語。我可以帶妳一起暢遊這個世界，讓妳見識世界的所有驚奇。妳若是擔憂尤爾諾瓦，我就賜給他們一些利益。我可以抑制魔獸，並將森林的恩惠分給他們。對尤爾諾瓦的人們來說，森林是個平穩的場所吧。為了維持森林所做出的讓步，我也沒有異議。

渴望我吧，葉卡堤琳娜。妳只要待在這裡，待在我的身邊就好了。」

……

……

……

弗拉德沃倫盯著葉卡堤琳娜，不禁倒抽了一口氣。

少女的雙眼中，落出了一顆顆的淚滴。

「……請讓我……回到兄長大人的……身邊。」

眼淚一邊靜靜地落下，葉卡堤琳娜用年幼女孩般的聲音這麼說。

這是真正的葉卡堤琳娜。平常的葉卡堤琳娜是身為主人格的千金小姐，讓上輩子的記憶化成接近另一個人格的狀態——以心理學用語來說就是人格面具，以其為盾牌躲在後面的狀態。

然而，現在上輩子的人格面具起不了作用。所以千金小姐才會鼓起勇氣，自己去面對並處理這個狀況。

不可能知道這種事情的弗拉德沃倫感到相當困惑的樣子，好一段時間做不出回應。他只能回望著用像個無依無靠的孩子般的眼神看著自己的少女。

過了一陣子，他淺淺一笑。像是有點傷腦筋，卻很溫柔的開口。

「妳怎麼了……？剛才還思路清晰地談論著幾億年以前的太古發生的事情，現在卻像個孩子一般哭泣。」

「我一直……是在被幽禁的狀態下長大的。」

葉卡堤琳娜的臉頰又滑過了一道淚水。

「我一直跟母親大人相依為命，過著不自由的生活。自從父親大人跟祖母大人過世，兄長大人總算將我救出來之後，還過不到一年的時間。而跟兄長大人在同一處宅邸中生活，並可以跟他好好交談，也只是不到半年的事情而已。母親大人也過世了。我跟兄長大人，除了彼此之外，再也沒有其他親人了。」

即使說起話來的語氣，比剛才還更接近現在的年紀，但那表情依然像個孩子般。

「我還想……再跟兄長大人多相處久一點。」

葉卡堤琳娜總算哭出了聲音。

「……別哭。」

弗拉德沃倫弄亂了葉卡堤琳娜的頭髮撫摸著。跟用指尖輕觸時不同，就像個孩子一般有些粗魯。

接著，就將她抱進懷中。

葉卡堤琳娜沒有抵抗。她靠在弗拉德沃倫的胸膛，不斷啜泣，嗚咽地哭著。

弗拉德沃倫嘆了口氣。

「妳到底是……什麼人？外貌是一副耀眼奪目的美女身姿，又像個賢者般侃侃而談，哭起來卻跟孩子一樣。」

「我……」

我是反派千金。

總不能這樣說。

「我……我就只是我。我生來……就是如此。」

「……這樣啊。」

對於這個看似單純，卻又有些哲學的回答，弗拉德沃倫露出苦笑。

「既是美女，也是賢者——但還是個孩子的話，總不能迎娶。好，就讓妳回去吧。我說過無論任何願望都會替妳實現，龍絕不反悔。」

……！

「如果妳是說有喜歡的男人，我也只要把妳搶過來就好，既然是兄長就算了。」

「謝謝您……！」

葉卡提琳娜的表情都亮了起來。

重新開機——！

見到葉卡堤琳娜的表情很快又變了，弗拉德沃倫既覺得傻眼，又露出相當耀眼的表情。

那個表情讓葉卡堤琳娜趕緊瞥開視線，一點一點想掙脫弗拉德沃倫的懷抱。

弗拉德沃倫露出惡作劇般的表情，又抓回她的肩膀。

「妳現在幾歲？」

「我……現在十五歲。」

「不正好是出嫁的年紀嗎？」

唔……

不，一般嫁人的概念跟現在這個狀況也差太多了！

「以、以我上輩子生活的國家來說，十五歲還不能結婚呢。有法律明定女性要到十六歲才能結婚。」

不對，現在是不是男女都改成十八歲就可以結婚了啊？不知道是早就改了，還是有說要改？不行，這也無從確認。

「哦。人類壽命這麼短，還真是悠哉啊。」

「上輩子的世界，尤其是我出生的國家，人類的壽命比這個皇國還要長得多了。就算活了一百年也不會多稀奇。」

「哦……聽妳說話果真有趣。」

什麼──！

不要啦～～讓我回家──！

看著葉卡堤琳娜一臉鐵青的樣子，弗拉德沃倫笑了笑，便輕鬆地將她一把抱起，並在隔了一點距離的地方放她下來。

「我知道把一個心不在我身上的女人留在身邊也沒有意義。我不打算強迫妳，放心吧。」

太、太好了。

……既然說我大可放心，那就請不要看人類的反應當有趣。

「魔龍王大人很了解人類女性呢。」

葉卡堤琳娜忍不住有些諷刺地這麼說。弗拉德沃倫則是泰然自若地說：

「因為人類的女人喜歡我的外表啊。」

咕哇──！

這種無從發洩的心情！

「也有女人追我追過三個國家。因此我有段時間都待在『諸神山峰』的另一側。」

從他一臉厭惡的表情看來，應該不是在炫耀的樣子。雖然這都不是在炫耀也很厲害。

「沒有讓您心儀的女性嗎？」

無意間，弗拉德沃倫的眼神感覺投向了遠方。

「……活了三千年，有兩個這樣的人。她們都是具備聖屬性魔力的聖女就是了。」

聖屬性魔力！

葉卡提琳娜的腦海中浮現出芙蘿拉的臉。

原來具備聖屬性魔力的人，在古代亞斯特拉帝國被當作聖女崇拜啊。據說聖屬性魔力覺醒的人光是待在那裡，就帶有足以平息魔獸活動的影響力。

而且……好像也聽說過「要肩負起平定玄龍等級強大魔獸的巫女職責」。

還有兄長大人也跟我說過，以前曾為了掃蕩魔獸，會請具備聖屬性魔力的人前來待在尤爾諾瓦領地。

「聖屬性魔力的本質是循環。似乎是為了填補創造出世界就放著不管的創造神，讓世界可以延續下去的存在。會誕生於魔力在世界上停滯太久而進入荒廢的時代。因為魔獸是將魔力附在生物身上進而變質而成的，因此能讓魔力循環並且和緩的聖女，會讓我感到很舒坦。」

等等……

他現在若無其事地說出來的，應該屬於這個世界的祕密等級的事情吧！

啊！這麼說來少女戀愛遊戲的標題！

就是「無限世界（Infinity World）～救世的少女～」啊！

Infinity是永遠、無限的意思，不過∞這個符號代表銜尾蛇，也就是咬著自己尾巴的蛇的圖案。沒有終結的持續循環，也就是表示永遠的字詞。

沒想到那正是意旨女主角要擔起的職責啊！

哇——！為什麼要在這種地方回收標題的伏筆啊～～

這種事情拜託在遊戲高潮時對芙蘿拉說好嗎！不可以跟反派千金講啊！

魔龍王結局該不會其實是真正的結局吧？應該是吧。

「怎麼了？」

被弗拉德沃倫狐疑地一看，葉卡堤琳娜這才回過神來。

「恕我失禮。不過……因為我的朋友正是具備聖屬性魔力的聖女。」

「哦。」

雖然我這麼說了，但弗拉德沃倫的表情還是很諷刺的感覺。

「是真的嗎？畢竟人類很常誤判魔力的本質。」

你說什麼！芙蘿拉可是貨真價實的聖女喔！

葉卡堤琳娜在一瞬間覺得惱火，但她立刻就察覺了。聖屬性魔力是一個世代都不一定會出現一人的超稀有屬性。即使如此，以弗拉德沃倫所說的「會誕生於魔力在世界上停滯太久而進入荒廢的時代」來看，是否還是太多了呢？

就像土屬性當中，有著艾札克叔公那種被列入其中卻覺得格格不入的魔力持有者一樣，過往被認為是聖屬性魔力持有者的先人當中，或許也有滿多人其實並非如此。

這時葉卡堤琳娜露出笑咪咪的表情，自信滿滿地說道：

「我的朋友是真正的聖女。這一點不會有錯。」

「妳似乎知道些什麼呢。這樣啊，是真的聖女啊。」

弗拉德沃倫笑了笑。看來是提起一點興趣了。

然而，那雙紅色火焰般的眼睛還是盯著葉卡堤琳娜，像在燃燒般搖曳著。

「聖女是極為罕見的存在，但妳是獨一無二的……我現在是放手讓妳回去了，但不要以為我會一直對妳置之不理。」

美聲壓得更加低沉，而且還帶著熱意。

咿呀啊啊啊啊啊啊。

什麼——

咦咦……

別這樣——我會當機——！

葉卡堤琳娜動搖不已。

然而，她緊緊握拳，帶著決心重新看向弗拉德沃倫。

「唯有這點，我先向您明言。」

「嗯？」

「當我的兄長大人聽見您說出這樣的話時，有可能會向您提出決鬥。屆時，我絕對會去幫助兄長大人！」

弗拉德沃倫聽了便發笑出聲。

「我並不是在說謊！我一定會站在兄長大人那邊！」

「不……我也不是在懷疑這點。」

一邊說著，弗拉德沃倫還是在咯咯笑個不停。

被魔龍王吐槽了……葉卡堤琳娜也不禁覺得有些感慨。

當然啦，就算一個人類隻身向巨無霸客機大小的龍提出決鬥，對巨無霸客機來說……不是，對龍來說大概也只能笑了吧。腦中是可以理解啦。

但竟然取笑兄長大人，我這個兄控反派千金絕不輕饒！

「請您不要蔑視兄長大人。兄長大人真的非常替我著想。」

「而且妳也很重視兄長是吧。」

「對我來說，這世上最重要的就是兄長大人了！」

葉卡堤琳娜做出這番宣言之後，弗拉德沃倫露出苦笑。

「我無法理解所謂親屬之情。因為龍幾乎不會跟同族一起生活。說穿了，龍也不是由父母所生。何況同族更是唯一能與自己匹敵的存在，湊在一起只會鬥爭而已。」

是基於地盤意識嗎……而且他說並不是由父母所生，那難不成是凝結了自然之氣所發生的奇幻事件？像這樣跟他以人類的模樣面對面，差點都要忘了。再次讓人體認到他是異種的生物。

——應該說……

以他是異種生物的角度看來，魔龍王感覺真的滿接近人類的……對吧。

這麼說來，上輩子有個研究員自己成為狼群的首領，不但照顧一整群狼，還會跟牠們一起嚎叫。我記得好像是德國人吧。

當時我覺得，一個人類成為狼的首領好強啊！

不過身為龍這個絕對強者，卻反而化身人類，並與人類溝通。雖然自己沒有家族之類的概念，儘管無法理解還是能加以顧慮。他就跟那個研究員一樣，願意融入異種的人類之間吧？

豈止是異文化交流，這是異種族交流了。或許他認為理應配合人類這樣的想法就是一種傲慢。

「不具備親屬之情，讓妳感到難以理解嗎？」

對這好一段時間的沉默，弗拉德沃倫做出這樣的解釋，葉卡堤琳娜搖了搖頭。

「您與我等是如此迥異的存在，卻能理解這麼多關於人類的事情，令我再次感到欽佩不已。畢竟您都化作人類的模樣，並說出人類的話語了。我在此感謝您對我等做出這樣的讓步。」

弗拉德沃倫睜大雙眼，感覺像是下意識地朝著葉卡堤琳娜伸出了手。

然而，他的手停了下來，嘴角嘲諷地勾了起來。

「因為龍的模樣只會讓你們人類感到害怕，完全無法溝通啊。就算是妳，看到我原本的模樣也會感到害怕吧……要試試看嗎？」

這麼說著，弗拉德沃倫就站起身來。接著，他的模樣轉瞬間就起了變化。

陰影遮去了太陽。那太過巨大的身影，讓地面化作一片陰暗。

抬頭一看，只見悠然地飄在空中的巨龍身影。即使張開雙翼，卻沒有振翅，感覺像是不受到重力影響一般，靜止在半山腰附近的上空中。

「……」

葉卡堤琳娜不禁語塞。她單純只是目不轉睛地盯著眼前的驚奇。

現、現在這是……

這個狀況是……

電影中時常會出現——如果是奇幻電影那就是巨大的怪獸，科幻電影便是出現巨大太空船——演員們會盡全力展現出驚愕表情的那種狀況。

無論怪獸或是太空船，都是透過ＣＧ後製上去的，因此演員們都只能一邊看著藍幕之類的，表現出驚訝的演技。

但現在是真——實——！

存——在——啊——！

就在眼前！足以遮蔽天空，填滿整個視野的巨龍！

好——大——啊——！

雖然我沒有在這麼近的距離看過巨無霸客機，但在機場看到時，那停在車輪旁邊的工程車看起來超小的，讓人再次為客機的龐大程度感到驚訝。

那種感覺，巨無霸客機的規模感，換作眼前的巨龍——！

而且……剛才現身時，就只有看到脖子以上的地方而已。

雖然有很多因為太過巨大而無法看的仔細的部分，但可以把握整體的模樣了。

覆蓋著綻放黑光的鱗片而顯得漆黑的龐大身軀。

形狀像是蝙蝠翅膀的巨大雙翼。

又長又粗的脖子延伸到背部，上頭有一整排像鬃毛般的尖形突起物。

強而有力的四肢帶有巨大的鉤爪，而且還可能真的跟巨無霸客機的車輪差不多巨大。

長長的尾巴，就在空中擺盪著。

那副身影。

完全就跟印象中的龍的形象一模一樣！

啊啊啊啊啊。

令人震攝到雙腳都要發抖的模樣。可是……但是……

「會感到恐懼嗎，葉卡提琳娜？」

眼前的龍這麼問道，讓葉卡提琳娜猛地回過神來。

她站了起來，並朝著龍伸出手。那太過巨大的身影，讓她產生了觸手可及的錯覺。

「這身影真是太壯觀了！有這個機會瞻仰是我的榮幸！」

還沒完全回過神，情緒依然高昂的狀態下，葉卡提琳娜這麼喊道。不但滿臉笑容，雙眼還閃閃發亮的樣子。

好帥氣啊啊啊啊——！

我的天啊！比起絕世美男子，這副模樣更是不得了——！

上輩子的好萊塢ＣＧ設計師全部敗北！更勝超級巨作的奇幻電影中出現的龍！不，那當然也很帥氣，但實際看到本尊的帥氣程度還是更勝一籌！太厲害了！這實在太不得了！

啊，他是不是在問我會不會怕？

突然現身時，當然是怕得要命啊。

但是，現在知道他是可以溝通的對象。說穿了，比上輩子的上司還更聽得懂人話。所以完全不會覺得可怕！

弗拉德沃倫一時陷入沉默。

接著——哄然大笑。

巨龍響亮的笑聲，轟然在山谷間回響。

「我還是第一次遇到有人類女性比起我化身人的模樣，更喜歡龍的模樣啊。」

這麼說著又笑了一陣子之後，弗拉德沃倫用那雙紅色火焰的眼睛看著葉卡堤琳娜。

「我有點了解妳了。妳確實是個賢者，又像是孩子一樣——分明沒有想牽起我的手，卻又像個小孩子一樣朝我伸出手來。」

「……若有冒犯，在此向您道歉。」

「這並非冒犯。看來，妳是真的不明白呢。」

面對一臉困惑的葉卡堤琳娜，有著足以毀滅一個國家力量的最強巨龍，以溫柔聲音說道。

「既然妳不會害怕我這副模樣，那我就這樣送妳回去吧。要是以人類姿態抱著妳，我會不太想鬆手。」

咦？

「您……您說這副模樣的意思是……？」

「要成為第一個乘在魔龍王背上的人類嗎？」

乘在龍的背上？可以讓我乘上去嗎！

拜託！拜託讓我上去吧！

雖然一口答應了這個提議，但葉卡堤琳娜卻苦惱起來。究竟該怎麼爬到飄在頭上的龍背才好呢？

然而，這個苦惱很乾脆地就迎刃而解，甚至教人不禁有些空虛。

「葉卡堤琳娜。」

弗拉德沃倫的聲音聽起來並非從空中傳來，讓葉卡堤琳娜嚇了一跳。伴隨著很大的振翅聲，一隻雙眼綻出紅光的黑色猛禽就出現在眼前。

「您是……魔龍王大人嗎？」

「這是我的分身。妳把手伸出來看看。」

原來不是眷屬，而是分身啊……一邊這麼想著，葉卡堤琳娜便伸出手臂，黑鳥於是降落在她的纖纖玉手上。

猛禽雖然就停在手臂上，但一點也不覺得沉重。就跟本體的龍大概是利用某種魔力滯留在空中的道理一樣，分身的黑鳥也不同於普通的鳥，並非靠翅膀的動力飛行的吧。

即使如此，現在這個狀況……

手臂上停了一隻大型猛禽。而且還可以溝通。外表是黑色的身體，並眼帶紅光這般應該不存在於自然界的特異感，超帥氣的猛禽。

這、這徹底騷動了我的中二心！

就在葉卡堤琳娜想著這種愚蠢的事情時。

沙沙——一道雜訊般的聲音在耳中響起。

視野突然一變，讓葉卡堤琳娜感覺像一陣暈眩地踉蹌了一下。這是在被帶來這裡時也體驗過的——轉移。

上一次是在被抱著的狀態下在空中進行轉移，這次則是自己站著的狀態下，感覺好像更跟不上。

「妳還好嗎？」

「是的，只是……有點驚訝而已。」

重新站穩身體之後，葉卡堤琳娜環顧四周。

轉移到龍的背上來了。就在雙翼之間。雖然不知道龍的骨骼形狀為何，不過好像有著類似肩胛骨的地方，差不多在這中間的位置有些凹陷。比起其他地方，這裡應該可以站得安穩許多。

從地上看見猶如鬃毛般尖形的突起物，從脖子到背部，甚至一直延伸到尾巴。感覺好像可以擋風，也能當作抓著穩住身子的地方。

話說回來，他的背部好寬敞啊。到底有幾十公尺呢？實在太遼闊了，讓我幾乎看不到下方的景色。

往腳邊一看，只見接連著漆黑的巨大鱗片。原本以為具備足以彈開刀刃的硬度，沒想到完全沒有金屬的感覺，給人更加柔軟的印象。

面對雀躍地張望著四周的葉卡堤琳娜，弗拉德沃倫笑了笑。

「我是不會把妳拋下去，但妳還是坐著抓緊比較好。」

「好的，謝謝您。」

葉卡堤琳娜感激地照著做了。黑色猛禽離開葉卡堤琳娜的手臂，移動到其中一塊凸起物上。

弗拉德沃倫確實有著自我中心的一面，但出乎意料的還滿會照顧人的。這麼說來，是因為自己被認定是個小孩子，所以他才會這麼親切吧？是喜歡小孩子嗎～～？其實裡面有一個奔三女，真是不好意思。

葉卡堤琳娜展開了令人遺憾的思考邏輯。儘管自稱奔三女，就某方面來說還真的跟幼兒差不了多少，沒有自覺這點更是致命。

「要走囉。」

那道聲音感覺不像是黑色猛禽，而是從巨龍口中發出來的。龍跟鳥似乎並非其中一個掌握人格主導權，而是可以同時處理的樣子。明明是奇幻中最經典的存在，竟能以多工處理採取行動。

這時，龍的雙翼動了起來，並使勁拍打起來。

啪唰——！隨著振翅聲響起，龍開始飛翔。

哇——！

明明就可以不使用羽翼的動力停留在空中，移動時卻要振翅，應該是為了控制方向之類的吧。待在背上，就能感受到肌肉跟骨骼活躍的動作著！

多虧他是緩緩地飛著，不會讓我感受到太大的風壓——好舒服！

「要就這樣把妳帶回北都嗎？就算是皇都，也可以飛一下就到喔。」

黑鳥這麼說，立刻讓葉卡堤琳娜回過神來。

呀——！那可不行。遑論皇都。要是就這樣回到北都兄長大人的身邊，事情可是會變得很不得了！

糟了，我只開開心心地想著可以乘上龍背，沒有去想抵達的事啊～

「不、不用，請帶我回到方才與您見面的地方。我有命令近侍的人們在原地等候。我想他們一定都很擔心我的安危。」

米娜跟騎士們應該都驚訝不已吧……

啊，笨蛋，我這個笨蛋——！

但、但這是千載難逢的機會嘛！我會好好反省，但可不會後悔喔！

「魔龍王大人，無論皇都還是北都，您都可以在一瞬間移動嗎？」

「不。我是『北之王』。可以進行轉移的，就只有屬於我的領土，也就是北方這片大森林而已。要移動到除此之外的地方，就必須像這樣飛行。尤其是皇都，實在有夠麻煩。神明不但飽和了，還有著人類的魔力防衛之類，錯綜複雜的。話雖如此，要是像現在這樣以龍的模樣強行衝過去，也沒有任何東西可以阻止我就是了。」

這句話讓腦中浮現上輩子在遊戲畫面中看到的皇國滅亡場景，以及一腳摧毀陷入火海中的皇城並傲然咆哮的弗拉德沃倫的身影，使得葉卡堤琳娜不禁微微顫抖了一下。

在那當中，皇帝陛下跟皇后陛下的下場是怎麼樣呢？魔法學園應該是整片燒毀了。班上的同學們、老師、很要好的廚房的人們，又會發生什麼事呢？還有皇都的尤爾諾瓦公爵宅邸當中的傭人們……

「魔龍王大人……請您別前往皇都。」

回過神來，葉卡堤琳娜已經說出口了。

「您若是前來皇都，恐怕會與人類發生爭執。您是足以毀滅這個皇國的存在。然而也是能像這樣溝通並互相理解的存在。我不希望您與人類產生爭執。非常感謝死神大人與塞勒涅替我擔心的美意。但皇都當中並沒有會讓兩位如此擔憂的危險。」

最危險的就是魔龍王大人，您給皇國帶來的滅亡啊……

我也不確定有沒有確實折斷我跟兄長大人的毀滅旗標。但那也不是魔龍王大人想辦法就能解決的事情吧。

「我明年夏天還會再回到尤爾諾瓦。屆時，我也會再前來見您，與您說說關於上輩子世界的事情。如果我等人類的作為有讓您感到不悅之處，請儘管對我說。我一定會轉達給兄長大人，並跟大家一起努力改進。因此，盼您答應。」

「我本來就不喜歡皇都。如果這是妳的期盼，那就明年夏天再見吧。」

弗拉德沃倫很乾脆地回道。

他不經意地帶著笑意問：

「到了明年，妳的心也會稍微擺脫一點稚氣了嗎？我希望如此，卻又覺得不期望這樣的改變，總覺得很複雜。這麼說來，妳上輩子活了幾年？」

唔。

「我上輩子活到二十八歲。」

「……在人類可以活上百年的世界，生命卻這麼年輕就結束了呢。」

弗拉德沃倫的聲音很溫柔。

這倒是……畢竟是在十五歲時取回上輩子的記憶，而且馬上就進到學園念書，身邊也全都是小孩子，所以會覺得奔三的年紀很大。但確實是早死了呢。

「上輩子妳也有哥哥嗎？也很重視家人嗎？」

像是突然想到一般，弗拉德沃倫這麼問道，卻沒有立刻得到回答。

過了一段間隔，葉卡堤琳娜才壓低聲音說：

「……不。我是獨生女……是個冷血的女兒。」

聽了這句話，黑鳥費解地看向葉卡堤琳娜。

然而，龍這時大大地拍動雙翼，降下高度。

「就快到了。」

可以從龍的脖子跟龍翼之間瞥見在街道附近一片有著湧泉的小空地。

在那上空又盤旋了一次之後，弗拉德沃倫這才降落到地上。

應該是顧慮到背上的葉卡堤琳娜，才會這樣和緩著陸。

龍將脖子垂到幾乎貼近地面，因此可以看見停下來的馬車，以及好幾個跑過來的人類。是米娜跟騎士們。

「米娜！還有各位！」

站起身之後，葉卡堤琳娜大大地揮著手。

可能是太過驚訝了，幾名騎士的腳步看起來都有些不穩。

「大小姐——！」

這時聽見了米娜的聲音。光從她說話的音色聽起來，就能知道她有多麼擔心，過意不去的想法也揪痛了葉卡堤琳娜的心。

「讓妳在那邊下去吧。」

「好的，麻煩您——」

葉卡堤琳娜的話都還沒說完。

用驚人速度跑過來的米娜，一個大大的跳躍之後，就跳到龍的頭上。

接著又從脖子上的突起物當立足點，一個跳過一個，米娜轉眼間就來到葉卡堤琳娜的身邊。

「大小姐！」

「米娜──」

這句話也還沒說完，我就整個人被抱了起來。

甚至連瞪向鳥型分身的弗拉德沃倫也是轉瞬間發生的事情，米娜立刻就離開龍背，以懷裡還抱著葉卡堤琳娜的狀態下難以想像的輕盈腳步，沿著過來的路線回到原本的空地上降落。

「……」

剛才究竟發生了什麼事？完全是被公主抱著搭了一趟雲霄飛車的感覺。

葉卡堤琳娜完全跟不上現況。

「大小姐……！」

米娜用更強勁的力道抱緊了葉卡堤琳娜。這還是第一次聽見米娜在顫抖的聲音。

天啊，真的讓她非常擔心。

「大小姐，您平安無事真是太好了！」

以歐雷格為首的騎士們也跑了過來，圍在葉卡堤琳娜身邊。看到他們架起武器對著弗拉德沃倫，葉卡堤琳娜立刻回過神來。

「抱歉，讓妳擔心了，米娜。」

伸手環住米娜的身體，回了一個緊緊的擁抱之後，葉卡堤琳娜以嚴肅的聲音說：

「不過，放我下來。」

「大小姐。」

「各位也請放下手中的武器。那一位待我很親切。並不是與尤爾諾瓦敵對的存在。」

「是……」

雖然有些遲疑，他們還是遵從了指示。葉卡堤琳娜便走到弗拉德沃倫面前，行了一個跪禮。

「十分感謝您親切地送我這一程。與您歡談是一段愉快的時光。」

「葉卡堤琳娜。」

弗拉德沃倫在龍的模樣之下，語氣平穩地說：

「即使接下來又過了幾千年的歲月，我都不會忘記與妳交談過的每一句話，也會一再地重溫吧。只要有妳在，我就不會與尤爾諾瓦敵對。只要妳期望，我也不會與皇國、與人類敵對。既然妳不希望引發鬥爭，那就好好保重自己吧。這一切，都是因為我想要妳。」

弗拉德沃倫展開巨大的雙翼，在周遭落下大大的影子。

「後會有期。」

最後留下這句話，巨龍便捲起強風，遠遠飛去。

葉卡提琳娜已經做好會被米娜跟歐雷格他們連番追問的心理準備，沒想到誰都沒有問起任何事情。

歐雷格只是進言「比預期的時間還要延宕了一些，趕緊繼續上路比較好」，米娜則是一直不厭其煩地確認葉卡提琳娜有沒有受傷，會不會覺得疲憊，葉卡提琳娜費了一番工夫才阻止她用公主抱的方式帶自己回到馬車上，就僅僅如此。

完全沒有問起跟玄龍一起離開之後發生了什麼事情，以及玄龍那番話的真義之類。

這……

騎士團跟戰鬥女僕應該都很注重上下關係。對於上位者做的事情都會默默地接受，也執行得很徹底吧。

而且，各位騎士好像都變得有點怕我。

應該說比以往還更有禮貌，而且行禮都畢恭畢敬的，散發出好像不能隨便開口搭話的氛圍。

也是啦。

主動去跟突然來襲的玄龍搭話，才想說被帶走了，結果又騎在龍背上回來。

會覺得「這傢伙到底是何方神聖？」吧。

……就算被認定是個怪人也沒轍啊……

不是啦……只是因為有上輩子的記憶所以知道對方是能夠溝通的……我只不過是個有著異世界奔三社畜記憶的反派千金而已……

但仔細想想，只是個反派千金是什麼意思啊？

總之，因為我是他們君主的妹妹，所以就算發生了像這次一樣很不得了的事情，應該說正因為是很不得了的事情，才更是什麼都不問，應該說不能問吧。

那我就深懷感激地……來仔細想想該怎麼跟兄長大人報告才好。畢竟他們應該都會一五一十地將目睹的所有事情全都跟兄長大人報告才對。

關於上輩子的記憶之類是絕對不能說的，得想辦法蒙混過去！

就這樣，一行人繼續上路了。

馬夫看到葉卡堤琳娜平安回來不禁放聲大哭，蕾吉娜跟獵犬們則是自責地垂著尾巴。

一邊說著「面對那樣的對手也是無可厚非呀」，並盡全力摸摸牠們安撫了好一陣子而占去了一點時間。不過幸好這趟旅程之前就有在趕路，看樣子不至於造成太嚴重的延遲。

話雖如此，感覺在日落之前會來不及抵達今天預計要住宿的城鎮，一行人只好提早在途經的一座略有規模的城鎮停下馬車。

「大小姐很累了。只要是設備還算完善的旅店，就盡早讓大小姐休息比較好。」

而理由就在於米娜態度堅決地這麼說。

不，等等。為什麼我累不累是由米娜說了算，不是我自己呢？我想再多前進一段距離的說。

但總覺得米娜身後靜靜地散發出一股火焰的樣子，讓我說不出口……嗚哇～我才是大小姐耶。

不過就算延宕了一些，也能在明天回到兄長大人的身邊。何況讓她這麼擔心也是我的錯，就算了吧。

懷著這樣體諒米娜的想法，接受早點入宿休息的葉卡堤琳娜，待在停在城鎮入口處的馬車裡，等候為了確保住宿而先去詢問的一位騎士回來。

位於山谷間的城鎮也緊鄰河川，為了將運送過來的木材跟礦石搬上貨船，街道也作為碼頭使用，看起來相當熱鬧。山谷間的城鎮並不遼闊，即使朝著阿列克謝等候的北都看去，道路也很快就延伸進山中而看不見了。

就在這時。

原本趴在馬車旁邊的蕾吉娜突然站起身來。

感覺好像嚇了一跳，並高高抬起鼻子嗅了嗅風的味道。

接著，牠抬頭看向人在馬車裡的葉卡堤琳娜，並大聲吠了起來。

「蕾吉娜……怎麼了嗎？」

葉卡堤琳娜這麼一問，蕾吉娜便快步跑到街道上。隨即跑回來後，牠又吠得更大聲了。怎麼看都像是有事情想傳達一樣。

其他三頭獵犬也是，紛紛抬起鼻子嗅著風的味道，靜不下來地繞來繞去。

接著做出反應的是在馬車旁邊待命的米娜。她忽然間抬起了頭，豎起耳朵之後就跑到街道上去。絲毫不顧身上穿著女僕裝，她蹲下身將耳朵貼上道路，像在聽什麼聲音似的。

米娜很快就站起身，接著跑了回來。

「大小姐，北都的方向有一群騎馬的隊伍前來。馬蹄聲既沉重又規律，應該是訓練有素的武裝集團。」

咦！

不禁轉頭看向歐雷格之後，只見他一點也不訝異地，只是點了點頭。

也就是說……

葉卡堤琳娜急忙下了馬車，看向街道。

很快的，一行人便現身了。

——是尤爾諾瓦騎士團。

一支森嚴的武裝騎士中隊，讓馬踏著漫步（canter）前來。應該是動作整齊劃一的關係，響起的馬蹄聲都很一致，感覺就像敲打著重低音的打擊樂器一樣。

在隊伍的最前方，有個騎著格外出色的駿馬的騎手。

不同於他身後的騎士們，高挑的身形穿著代表身為騎士團之主的服裝，腰間掛了一把長劍，襯托出凜然的身影。水藍色頭髮隨風擺盪，帶著一臉苦思的嚴肅表情，馳馬前來。

葉卡堤琳娜不禁大喊出聲。

「兄長大人！」

就算照這個距離看來應該是不可能的，然而阿列克謝就像聽見這道聲音一樣，視線朝著葉卡堤琳娜看過來。

接著就用精湛的動作驅使著韁繩，讓馬換了個方向，並加快了奔馳的速度。

很快地，駿馬便改以全力奔馳。

筆直地朝著葉卡堤琳娜跑來。馬背上的阿列克謝那雙螢光藍的眼睛，正緊緊盯著葉卡堤琳娜。

「兄長大人！」

又喊了一次之後，葉卡堤琳娜也跑了起來。

冷靜想想，其實只要待在原地等候就可以了。但都看見兄長的身影了，實在沒辦法抑制朝他跑過去的衝動。

撩起裙襬，盡可能用最快的速度，無暇顧及腳邊，雙眼只看著阿列克謝地跑去。

阿列克謝抓緊韁繩，控制著馬匹。然而盡全力奔馳而來的馬，眼看就要跑過葉卡堤琳娜的身邊。

一個翻身，阿列克謝便從馬背上跳了下來。

要從正在奔馳的馬匹上跳下，絕對不是一件容易的事。但有著卓越運動神經的阿列克謝，穩穩地在葉卡堤琳娜身邊落地。

「葉卡堤琳娜！」

張開雙臂，阿列克謝像要將妹妹擄進懷中一般緊緊抱住。

「兄長大人……！」

嗚哇——！

是兄長大人——！

是兄長大人——！

是兄長大人——！

好想念兄長大人啊——！

葉卡堤琳娜也緊緊地回抱住阿列克謝。

「葉卡堤琳娜。」

像在低喃一般，阿列克謝輕聲喚道。他像是要包覆住妹妹的身體似的緊緊擁抱著。

「葉卡堤琳娜……我的葉卡堤琳娜。」

「兄長大人。」

怎麼會在這裡？

才正想這麼問，葉卡堤琳娜就不禁屏息。

阿列克謝的身體顫抖著。

高潔自豪的尤爾諾瓦公爵，年僅十八歲就能夠統治這片廣大領地的優異領主，這樣的他竟不能自已地顫抖著。精神強悍到有時甚至殘酷的他，至今明明都沒有像這樣渾身顫抖過。

「兄長大人！你怎麼在顫抖呢，是怎麼了嗎？哪裡不舒服嗎？趕緊休息一下！」

「……我並不是身體不舒服。只是……有著令我害怕的事。這世上最令我害怕的事。」

阿列克謝溫柔的聲音這麼說著，隨後輕嘆出一口氣，並撫摸了葉卡堤琳娜的一頭藍髮。

「妳可能發生了什麼事……耶利克察覺到似乎發生什麼可怕的事了，我卻離妳那麼遠，沒辦法保護妳——我覺得自己的心都碎了。」

阿列克謝將自己的臉頰抵上葉卡堤琳娜的頭髮。

「見到妳平安無事，真是太好了。葉卡堤琳娜……我的妹妹，我的生命，我的愛。要是沒有妳，我就活不下去了。這讓我再次體認到沒有妳的世界實在太過灰暗又冰冷……」

「兄長大人……」

雙胞胎警報果然發出去了啊……

騎士歐雷格先生的弟弟耶利克先生。這對雙胞胎兄弟只要有其中一個人面臨危險，另一個人就可以明確感受到的特別羈絆真的起作用了。兄長大人選中歐雷格先生作為我的護衛，也有在這個沒有手機的世界中，可以馬上得知我是否遭遇什麼意外的意圖，並且確實如他所料的發生了。

應該是當魔龍王大人現身時吧。從那時準備出發，現在竟然已經抵達這裡……超快速的緊急行動（scramble）（註：原意是讓地面待機的戰鬥機緊急升空的指令）！航空自衛隊都要不禁對兄長大人敬禮了！

但現在可不是想這種事的時候。妹控兄長大人想必擔心不已。然而我卻跟魔龍王大人聊得還滿開心，更因為可以騎上龍背而雀躍不已……嗚哇～對不起！

「對不起，兄長大人。」

眼眶含著淚水，葉卡堤琳娜觸碰著兄長的臉頰，並溫柔地撫摸著。她更接著摸著他的頭，用手梳開被風吹得凌亂的水藍色頭髮。阿列克謝因為妹妹的手帶來的觸感而瞇細了雙眼。

葉卡堤琳娜輕輕拉近兄長的頭，將他抱進懷中。盡可能地溫柔包覆著。

「竟然讓兄長大人這麼擔心，我都無法原諒自己了。這麼快就奔馳過來，想必是很勉強自己吧。我最重要最重要的兄長大人，竟然因為我的關係，而痛苦到不禁顫抖……」

嗚嗚……我明明是想助兄長大人一臂之力，才會踏上這趟代為參拜的旅程。

如此一來，我可無法自稱是兄控了！

「沒關係，只要妳平安無事就好。妳沒有做錯任何事喔，我親愛的葉卡堤琳娜。」

就跟太陽是從東方升起一樣，妹妹是無罪的。對阿列克謝來說，妹妹無罪是理所當然的這件事，就等同於自然法則吧。葉卡堤琳娜將這稱作妹控濾鏡。

「就算這個世界全都崩壞毀滅了，只要妳給我一個淺淺的微笑，我就是幸福的。妳比這個世界的萬物都還要美麗。」

「兄長大人真是的。」

說不定比啟程前還更升級了一點。

雖然下意識這麼想，葉卡堤琳娜馬上就重整了思緒。兄長大人的妹控濾鏡，打從之前就是開這麼強了。嗯。

「所以說……究竟是發生了什麼事？應該發生了什麼可怕的事情吧，妳才是身體有沒有哪裡不舒服？妳太體貼了，總是不顧自己先替別人著想，這點讓我很擔心。」

啊！當場就要我進行報告了！

但還是要先說這個才行。

「平常都不顧自己的人，是兄長大人才對吧。我不在家的這段期間，你有沒有好好補充營養，有沒有好好休息呢？」

「嗯，這是當然。」

阿列克謝雖然秒答，葉卡堤琳娜還是抬頭緊盯著兄長。總覺得很可疑。

這時，傳來一道聲音。

「大小姐。您平安無事真是太好了。」

「哎呀，伊凡！」

阿列克謝的侍從伊凡，對著葉卡堤琳娜露出一如往常的親切笑容。有辦法跟著騎馬飛奔過來的阿列克謝來到這裡，他的馬術本領想必也跟騎士一般優秀吧。

「伊凡也來了啊。伊凡總是陪伴在兄長大人身邊呢。」

「守護閣下正是我的職責。話說回來，大小姐，騎士大人回來了喔。他說已經安排好在這座城鎮的住宿事宜了。」

喔，剛才先去詢問的騎士回來了啊。

這麼想著，並為了尋找騎士的身影而環視四周時——葉卡堤琳娜不禁嚇了一跳。不知不覺間，四周有好多人聚集過來。

畢、畢竟這裡是城鎮的物流樞紐，人多也是理所當然。但大家為什麼都往這邊看過來呢？而且大家好像都一臉莞爾的樣子。不，甚至有人在拭淚耶，到底是為什麼？

啊，剛才兄長大人奔馳過來的樣子很引人注目吧。這些人是從那時候開始，就看著我跟兄長大人重逢的經過嗎？

他們會不會以為我們是離別多年才重逢的呢……其實只是隔了幾天的重逢而已，不好意思。而且也不是經歷轟動戀愛的情侶，只是妹控兄控的兄妹重逢，真的很不好意思。

「閣下也會同行對吧。您兄妹倆可以久違地慢慢聊聊了呢。」

「嗯，就這麼辦。」

阿列克謝點了點頭，感覺絲毫不在乎周遭投來的視線。

「可以跟兄長大人慢慢聊聊，讓我感到非常開心。」

嗯，超開心。

雖然只隔了幾天，但仔細想想，自從兄長大人為了讓我進入學園就讀而前來尤爾諾瓦城接我之後，這還是第一次跟他分開生活這麼久。光是能看到兄長大人，我就很開心了。

而且現在這個狀況下，也沒有其他工作要處理，應該是真的可以悠哉地聊聊。

……不過忠誠又機靈的伊凡，會在這個時間點過來搭話，說不定其實也是為了給兄長大人提供救援的疑點並沒有消失。當我不在家時，兄長大人是不是工作過頭了呢？今天拜託您悠悠哉哉地！好好休息一下吧！

「在旅程中發生的事情，有兩點要盡早向兄長大人報告。」

在城鎮的旅店裡，葉卡堤琳娜這麼說著，並朝阿列克謝豎起兩根手指頭。

自從阿列克謝問起究竟發生了什麼事之後，已經過了好一段時間。

葉卡堤琳娜希望可以在有時間的情況下好好談談，阿列克謝也答應了。接著一行人進到這座城鎮當中最好的旅店，一起吃了飯，還跟急忙跑來打招呼的城鎮代表寒暄了兩句。之後，兄妹倆便回到阿列克謝的房間裡，讓伊凡跟米娜泡了茶。接著兩人面對面坐下，等到心情完全平復下來，葉卡堤琳娜這才切入話題。

當然，葉卡堤琳娜是透過這些事情爭取時間，在腦中不斷思考要怎麼報告旅程中發生的事情。配合現場的氣氛修正報告內容，可說是社畜時代培養起來的報告技能之一。

而且也是為了讓阿列克謝慢慢吃飯，藉由聊些無關緊要的事，度過一段放鬆心情的時間。可說是一石二鳥。

「兄長大人先前問了關於歐雷格大人傳達給耶利克大人的危險究竟是什麼樣的狀況對吧。然而，在此有一件必須先向身為公爵的兄長大人報告的問題。這點我會先說明。接著再回答你方才詢問的那件事。」

先點出報告內容有幾個事項，並在開始報告之前決定好順序讓對方理解——然而本意是為了比起可能會演變成麻煩的問題，先報告其他事情分散對方的注意力，這是社畜的報告技能之二。

不過，這次本來就有急著要向阿列克謝報告的事情，才會趕路回去，所以優先報告也是理所當然。並不是想要蒙混過其他事情。沒有任何要覺得愧疚的地方。完美證明了自己的清白。

但就算發揮了社畜技能，有一點是本人作夢也不會知道的事。

雖然像個商務人士般直挺挺地豎起手指給對方看，外表就是個完美深閨千金，因此只表現出滿滿的不自然感。更何況面對的還是阿列克謝，只讓他覺得妹妹像在裝大人一樣，相當可愛。

「嗯，那個……我知道了。所以是什麼問題？」

「降臨在山岳神殿的三位神明當中，其中一位神明降下神諭。表示那位神明的火山將會在近期噴發。」

阿列克謝睜大了螢光藍的雙眼。

「這事態確實緊急。」

「是的，沒錯。但根據山岳神殿的神官們所說，過去有過這樣的神諭時，與火山實際噴發的時間似乎短則在幾個月內，長則有百年的差距。因此，弗利卿便親自前往那座山確認直到噴發之前可能還有多少緩衝時間，再回來進行報告。艾倫大人則是考量到屆時附近村民們需要避難，因此先去確認是否能夠利用舊礦山的礦工宿舍作為避難所。」

儘管阿列克謝一瞬露出緊繃的表情，在聽完葉卡堤琳娜俐落的報告之後，氣氛也緩和了下來。

「這樣啊，這是很正確的應變處置。關於這件事，就等弗利翁跟艾倫的報告吧。」

「是的，就請這麼做吧。」

點了點頭，葉卡堤琳娜接著輕咳了兩聲。

「那麼……關於第二件事情。」

話說到一半，又不禁遲疑。實在不想讓兄長太過動搖。

「那個，兄長大人……可以請你握住我的雙手嗎？」

「嗯，當然。」

阿列克謝理所當然地回答完，便用雙手輕輕包覆地握住了妹妹伸出來的雙手。

很好。如此一來，兄長大人應該也能冷靜地聽我說。就照著預想好的，直接切入重點吧。

「我遇到玄龍了。」

啪滋！一聲，像是有什麼東西破掉的碎裂聲音在房內響起。

咿呀——只做這樣的準備太天真了！

兄長大人的表情沒有任何改變。然而，總覺得有股寒意。

不，這應該是真的變冷了吧？室溫下降了嗎？來人啊～冷氣開太強囉～不不不，裝傻就免了，這該不會是兄長大人發動了魔力吧！

「葉卡堤琳娜，可憐的孩子……」

表情依然不見任何改變，唯獨那雙螢光藍的眼睛綻放出銳利的光芒，阿列克謝也加重了握住妹妹雙手的力道。

「應該是體驗到了不牽著手就無法說出口的恐怖經歷吧。都怪我一直放任那傢伙，才讓妳遭遇這種事情……我會傾以尤爾諾瓦全數武力前去討伐。」

沒想到造成反效果！

兄長大人的妹控程度超乎我的想像！真不愧是兄長大人！

不行，人類前去挑戰巨無霸客機是不會有勝算的。應該說，好不容易都讓對方說出不會與我們敵對這種話了，請別做出那種事！

「不，兄長大人，不是這樣。沒有發生任何令我感到害怕的事。請你冷靜下來，拜託。」

葉卡堤琳娜也不禁感到動搖，有些慌亂地一直重複著一樣的話。

這時，米娜採取行動了。

她快步走到兄妹倆身邊，將不知道是什麼時候拿出的披肩，輕輕蓋在葉卡堤琳娜的肩上。

隨後行了一禮，便再次快步回到原本待命的地方。

接著伊凡也靠了過來。

「替兩位重新泡杯茶吧。若是喝下這杯，會讓身體著涼的。」

一邊這麼說著，便機敏地將茶杯收走……杯子裡的茶，看起來好像結冰了。

「……我太粗心了。竟然讓妳受凍，我究竟是怎麼了？原諒我吧。」

啊！兄長大人的表情恢復了。米娜、伊凡，幹得好！

「不，是我不對，竟然害得兄長大人如此心痛。我應該要先讓你明白自己沒有遭遇任何危險，再依序向你說明才對。」

接著，葉卡提琳娜喝下一口伊凡很快就重泡好的茶之後，便開始重點式地將旅途中所發生的事情娓娓道來。

先是順應村民的要求，討伐了單眼熊。

因此無法按照計畫到原定的地方住宿，便借宿在森之民的居住地一晚。

於是在那裡見到死亡少女塞勒涅跟死神。

在與祂們對話的途中，提及一點關於玄龍的事，還跟她說玄龍的真名就是魔龍王弗拉德沃倫。

之後送了禮物給塞勒涅，並得到她與死神的賞識。

沒有絲毫謊言。只是有些事情沒說而已。

像是靈魂產自異世界很稀奇的關係，塞勒涅小姐才會跑過來看之類，創造神的介入等，那方面的事情全部刪掉。妹妹裡面其實混著異世界的奔三女這種事，絕對要向兄長大人保密！

還有我本來就知道弗拉德沃倫這個名字，死神只是確認那就是玄龍的真名，這點也是省略。

這並非隱瞞。只是挑出要點進行報告而已。

從途中忍不住為自己找藉口看來，葉卡堤琳娜內心可是滿滿的愧疚感。

「在那之後的旅程也走得很順利，並抵達了山岳神殿。我見到艾札克叔公大人了喔，我們聊得非常開心……但這是題外話了，還是回歸正題吧。就像方才報告的，在山岳神殿收下火山噴發的神諭。得知這件事之後，我就跟弗利卿分頭行動了。我為了盡早向兄長大人報告這件事，便急於踏上歸途。在這途中，要讓馬匹休息便停下馬車時，玄龍就出現了。那真的是非常巨大的龍。」

葉卡堤琳娜有些苦惱地想著，不知道該如何解釋那究竟有多大。當她說了感覺就像學園的小講堂再加上脖子、翅膀跟長長的尾巴那樣大之後，阿列克謝的表情顯得嚴峻起來。

「可憐的孩子，那樣的東西突然出現，果然還是讓妳害怕不已吧。」

「一開始確實是有嚇到。不過，之前有聽死神大人提過那一位的事情，因此我才會認為對方應該不會使出太強硬的手段。」

聽神明提過的事情只有玄龍等於魔龍王弗拉德沃倫這點而已，會覺得對方應該可以溝通則是基於上輩子的記憶。雖然確實有提及這個話題……總之去掉詳情，簡單扼要地說明就好。

米娜跟歐雷格先生他們應該也記得是我主動向玄龍搭話，因此得一邊配合他們的報告，一邊調整說明內容才行。

「而且實際上，當我主動向那一位說話之後，他便換了一副模樣喔。是人類男士的樣子。所以我並沒有感到害怕。」

「哦……原來玄龍是真的有辦法化身人類的模樣啊。」

「是的，而且還相當美貌。」

只用「美貌」一詞來形容那樣的絕世美男子總覺得是種罪過，但那實在不是言語足以形容的，所以就這樣吧。

不知道這樣內心的想法是怎麼表現出來的，只見阿列克謝露出難以言喻的表情。

「沒想到妳會這樣稱讚一個男人的容貌。我還是頭一次聽到。」

「因為，還是兄長大人最棒了呀！若說我沒有稱讚過其他男士，那也是因為我一直都待在兄長大人的身邊。那一位的樣貌是真的很美麗，即使如此，我還是覺得比不過兄長大人。」

因為我是兄控！

聽葉卡堤琳娜滿臉耀眼笑容地這麼斷言，阿列克謝也感到有些難為情的樣子。

「妳這種地方依然像個孩子呢。」

「哎呀，那一位也說了這樣的話耶。」

其實內心是個奔三女，都是騙人的真是抱歉。

「而且那一位跟剛才說到的死神大人之間，好像有所交流的樣子。他從死神大人跟夫人那邊聽聞我的事情，所以才會想跟我見個面。由於那一位也是受死亡的哲理所掌控，也明言不會危害受到夫人賞識的我。因此，我真的沒有遭遇到任何危險的事情。」

「這樣啊……」

阿列克謝的表情柔和了一些，這也讓葉卡堤琳娜鬆了一口氣。

即使如此，這樣想想我們家祖父大人的興趣是當貴族媒人，但打算讓我跟魔龍王結婚的死神大人，興趣更是當超次元奇幻的媒人。

「在那之後，我們歡談了好一陣子。我說明了關於植林等事情喔。好像因為弗利卿對龍告鳥說過的關係，讓他深感興趣。」

姑且也確實有聊到植林的話題。他也似乎記得弗利先生說過的話。我完全沒有說謊。

「那一位果真對於森林採伐一事感到不悅。透過植林常保森林，他覺得是個不錯的做法。而且也說不會與尤爾諾瓦敵對，也不會與皇國及人類敵對。近距離接觸後就知道，那一位真的是非常強大的存在。他或許能與一國軍隊匹敵吧。何況還是統率所有魔獸之王。

我認為能與這樣的存在締結友誼，對尤爾諾瓦來說也是有益的一件事。」

為了報告下一件事情，先強調跟魔龍王的交流是有意義的。嗯，那是絕對不能與之敵對的對象。

「……雖然……不與我等敵對還有加上……只要有我在的這個條件就是了。」

接下來將講到對妹控來說難以啟齒的部分，這讓葉卡堤琳娜的語氣變得有些遲疑。阿列克謝不禁挑了一下眉。

「……看來那傢伙還滿中意妳的。」

「是的，那個……還對我問及要不要成為他的伴侶……」

啪滋！

這次的聲音就像鞭打一樣尖銳。再次凍結的茶杯承受不住急遽的溫度變化而裂開，接著傳出「嘰！」的一道清脆聲響。

嗚哇～～我就知道——！

比剛才還更冷！兄長大人冷靜點啊——！

……而且兄長大人的身邊看起來亮晶晶的，是為什麼啊……

總不可能是鑽石塵吧，這神祕的現象是怎麼回事？

難道是進化成冰之魔王的特效嗎？兄長大人進化了！怎麼辦我也要跟著進化才行！

不，在說什麼啊，我可要冷靜點。這是在魔力操縱的書當中讀過的現象，當有龐大的魔力產生，並跟想將其抑制下來的意志對抗時，就會造成魔力具象化……本應是非常非～～常罕見的現象……

竟然妹控到引發這樣的現象，真不愧是兄長大人。

而且這樣還是有在抑制的啊，要是沒有抑制的話，這個房間應該都要變成冰屋了吧……

冷冽又美麗的魔力讓周遭變得閃閃發亮的同時，阿列克謝的嘴角揚起帶著狂氣的笑說：

「即使是龍，終究還是魔獸。區區野獸竟要妳成為他的伴侶……？妳說那是足以跟一國軍對匹敵的存在是吧。別擔心，就算要打成屍山血海，我也會傾出尤爾諾瓦所有戰力，絕對要保護妳。」

不——！兄長大人那樣絕對不行啦！我就是為了不讓你說出這種話，才會事先強調魔龍王有多強啊——！

兄長大人太過豐富的語彙能力，現在真的很討厭耶——！什麼屍山血海的，請不要做出這種感覺太過冰之魔王的發言！

「兄、兄長大人，請你平靜一下心情。那一位雖然說了這樣的話，但因為我還只是個孩子，因此撤回了這番話。請不要將這件事視為太過重大的問題。」

「葉卡提琳娜，純真的妳可能不明白，說妳還是個孩子，就代表他會在妳長大成人時出手喔。」

他斷言了！帶著魔王的笑容斷言了！

請別這樣，這方面的事情要是深入思考總覺得又會當機，所以我很想忽視這問題！

米娜～伊凡～救救我～

葉卡提琳娜為了求助而環視四周，這才發現米娜就站在身邊而嚇了一跳。雖然她跟平常一樣面無表情，但總覺得散發出一股令人驚恐的氛圍。

「無論大小姐要嫁到哪裡我都會隨侍跟去，但我就不確定那傢伙會不會答應了。請放棄那傢伙。」

問題是出在那裡嗎！

「而且他在我面前將大小姐擄走了。我絕對不會原諒他，也絕對不會原諒自己。我不會再讓大小姐被擄走了。」

話說至此，米娜不禁咬牙切齒。

「米、米娜，那時候是我命令你們在原地待命的，妳一點錯也沒有喔。面對那麼強大的龍，米娜還是沒有任何退縮地達成護衛的使命，真的非常了不起。」

能緊追著魔龍王到那種地步，真的很厲害。

啊啊啊，在那之後我的腦子裡只想著要怎麼跟兄長大人報告，直到現在才發現沒有好好慰勞那麼努力的米娜！我身為雇主竟然沒有注意到這點！太不成熟了！

……而且我也現在才發現，站在米娜身邊的伊凡為什麼一直猛點著頭呢……

「大小姐只要一直相伴在閣下身邊就好了。我也會保護您。」

平常明明總是帶著親切笑容的伊凡，現在也好恐怖……

「我親愛的葉卡堤琳娜。」

阿列克謝伸手撫向葉卡堤琳娜的臉頰。兄長的手顯得有些冰冷，讓葉卡堤琳娜不禁添上自己的手，想溫暖阿列克謝的手。

「原諒我吧，是我不該讓妳代為前去參拜。妳太耀眼了，無論神魔都會受到妳的吸引。這件事我應該要最清楚的才對。」

只是因為靈魂產自異世界很罕見而已……

兄長大人是妹控。還是始祖型傲嬌，更是只會溺愛特定對象的那種類型。

但這種話根本說不出口！

嗚哇～～米娜跟伊凡都不幫我阻止兄長大人～～

好、好喔——！事有萬一……事有萬一的話……

就哭吧。用哭的攻略他。

懷著這樣沒用的決心，葉卡堤琳娜伸出雙手，輕輕包覆住撫著自己臉頰的兄長的手。

「兄長大人……我真的太幸福了。畢竟我在這世上最重視的兄長大人，也是如此地愛著我呀。」

雖然這份愛有點厲害過頭，讓我現在有點困擾就是了。

但絕對不能忘記我真的非常幸福。以米娜跟伊凡為首，大家都是這麼替我著想，我這輩子真的很幸福。但比起大家，更多虧了無論在任何狀況下都絕對會愛我的兄長大人，讓我感到滿滿的幸福。

正因如此，我才更想助兄長大人一臂之力。

就如同兄長大人為我付出多少，我也想同等地愛著兄長大人。

兄長大人的眼神柔和許多，葉卡堤琳娜也鬆了一口氣。這麼說來那個魔王特效……不對，是魔力具象化的現象，似乎也平息下來了。

「我對那一位說了。我還想陪在兄長大人身邊一段時間。畢竟仔細想想，自從能像這樣和兄長大人交談，也才過了半年而已呀。何況我跟兄長大人都只有彼此，是只有兩人相依的家族。魔龍王也能理解我的心意。他說如果我是喜歡其他男士才不會多加顧慮，兄長的話就沒轍了。」

「……這樣啊。」

阿列克謝點了點頭。

「我也說過，我的婚姻是由身為宗主的兄長大人做決定。對了對了，我還說過，若要對我說那種戲弄的話，兄長大人可能會要求決鬥。我也坦言若是演變成那樣的狀況，我絕對會去幫助兄長大人。」

葉卡堤琳娜露出一抹笑容之後，阿列克謝也不禁莞爾。

接著放聲笑了出來。

「妳會站在我這邊啊？」

「那是當然。雖然我可能幫不了什麼就是了。」

「謝謝，妳真是個體貼的孩子……被求愛的對象這樣宣示，真不曉得對方會是什麼樣的心境呢。」

阿列克謝已經換上一副愉快的表情，對葉卡堤琳娜笑著這麼說。用雙手包覆著的兄長的手，似乎也溫暖了不少，讓葉卡堤琳娜鬆了一口氣。

「自從能像這樣跟妳說話，竟然才過了半年而已……簡直教人難以置信。真不知道妳不在我身邊的那些日子，我究竟是怎麼度過的。就連妳踏上旅程的這幾天，都令我如此難耐了。我還有夢見妳喔。」

「哎呀，兄長大人，我也有夢見兄長大人喔。夢見你在皇城尋找朋友。當我朝你跑過去時，還緊緊抱住我了呢。」

葉卡堤琳娜的這番話，讓阿列克謝不禁睜大的雙眼。

「這麼說來……夢中的妳，有對我說過見到古老神明。還說神明相當中意妳獻上的東西……那時我都還不知道妳這趟旅程究竟發生了什麼事。」

聽他這麼說，這次換葉卡堤琳娜睜圓了雙眼。

哇～～好厲害喔，竟然真的在夢中見到兄長大人了！

這麼說來，在上輩子的希臘神話中，死亡跟睡眠是兄弟，夢境則是睡眠的兒子吧。死神掌管的好像是死亡與靈魂，因此也有靈魂徘徊於夢中的故事吧。就跟莊子在夢中變成蝴蝶，還是蝴蝶在夢中變成莊子——是嗎？死神讓我們的靈魂相見了嗎？

怎樣都好啦。神明啊，真是感激不盡！

「一定是在我離開的這段期間，靈魂也一直陪伴在你身邊的關係。從今以後，也請繼續讓我的靈魂陪伴在你身邊吧。因為除了兄長大人的身邊，我哪裡都不想去嘛。」

看著妹妹開開心心地這麼說著，阿列克謝瞇細了雙眼：

「如果這是妳的期望，當然沒問題。」

並這麼說了。

「歡迎歸來，閣下、大小姐。見到兩位都平安無事，真是太好了。」

阿列克謝的心腹諾華克難得露出一臉放心的表情，迎接回到尤爾諾瓦城的兄妹倆。

騎士團長羅森雖然跟著阿列克謝，但財務長欽拜雷等幹部們，以及尤爾諾瓦城的女管家萊莎，都跟諾華克在一起。

然而，欽拜雷跟萊莎都一臉說不出話來的樣子。但這也無可厚非。

「辛苦迎接了。如各位所見，葉卡堤琳娜平安無事。」

「……兄長大人，拜託你放我下來……」

相較於心情絕佳的阿列克謝，葉卡堤琳娜細聲細氣地這麼說，感覺都快要聽不見似的。

她正被阿列克謝橫抱在懷裡——也就是公主抱。

「妳太累了，葉卡堤琳娜。在馬車裡也一直在睡吧。」

阿列克謝勸誡般說道，葉卡堤琳娜便紅透了整張臉。

「實在太丟人了。竟然不小心就靠著兄長大人的肩膀睡著，太不檢點了……」

她用雙手遮覆著臉，就像很想消失一樣。

一位美女這麼羞赧的模樣確實嬌豔，但不可思議地只教現場的人不禁莞爾，是因為大家都深知她的處境及個性的關係吧。而且看在幹部們眼中，葉卡堤琳娜這年紀都可以當他們的孩子甚至孫子了。

話雖如此，從頭到尾都不為所動的諾華克跟羅森他們，或許是早已被感化了嗎……

「是我要妳靠在我身上睡的，哪有什麼好丟人。能看著妳在自己懷裡可愛的睡臉，讓我覺得幸福不已，因為妳是睡得如此香甜啊。來，我帶妳回房間。今天就好好休息吧。」

「兄長大人，我會自己走嘛！」

聽到阿列克謝像在安撫孩子一樣這麼說，葉卡堤琳娜便連忙從臉上抽開雙手，並以堅決抗議般的語氣這麼說。

然而，阿列克謝並不在乎。

「各位，等一下到辦公室來。」

留下這句話，阿列克謝依然抱著妹妹走向她的房間。女僕米娜跟侍從伊凡隨伺在側，女管家萊莎也為了不讓公爵家的女主人感到任何不自在，便率領傭人們跟在後頭。

「兄長大人太寵我了啦！」

眾人最後聽見的是葉卡堤琳娜感覺像是快要哭出來的聲音，以及阿列克謝難得的笑聲。

「……對閣下來說，妹妹正是他的掌上明珠。這趟能平安歸來，真的是太好了。」

在前往辦公室的途中，財務長欽拜雷感慨萬千地這麼說。頂著禿頭及大大的鷹勾鼻，從他嚴謹的外貌看來相當適合擔任財務長，但他其實是一直都很欣賞葉卡堤琳娜的人物。

「確實。」

跟著點頭附和的是騎士團長羅森。

「不過大小姐就是有著這般價值。」

當阿列克謝率領著重於速度的輕騎首發隊伍出發之後，他便預想了可能面臨的各種事態，帶領著一團重裝騎士隨後出發。當阿列克謝與葉卡堤琳娜重逢，而且確認她平安無事之後，就派遣傳令通知羅森停止進軍，隔天便與葉卡堤琳娜一同會合。因為有這樣一連串的經過，羅森才會跟著阿列克謝一起歸返。

跟羅森會合時，看見騎士團拿出真本事的重裝軍備，葉卡堤琳娜不禁傻眼。

預想各種事態，就代表騎士團攜帶了足以跟龍（不過怎麼樣也沒想到竟是玄龍）或巨大複合獸（奇美拉）對抗的裝備。雖然尚未組裝，但帶了投石機跟可以射出接近長矛尺寸的箭矢的巨大十字弓，後發隊這般軍勢威容，簡直就像要去打攻城戰一樣。

『兄長大人……羅森大人……竟然為了我做到這種地步……帶出此等戰力不會太過剩了嗎……』

感到有些慌張的葉卡堤琳娜這麼說，但她在聽見阿列克謝說的一番話之後，馬上就露出心領神會的表情。

『葉卡堤琳娜，調動這支部隊需要一段時間。若是判斷有可能需要的情況下，就應當先採取行動才對。否則等到確定需要時才進行準備就太遲了。』

『也是，兄長大人說的對。在詳細情況尚未明瞭時，不得擔憂這番應對是否過剩才對呢。是我說了傻話。』

羅森以及在場一起聽了這段對話的騎士團副團長加爾底亞——也就是騎士歐雷格及文官耶利克兄弟的父親，同時也是女管家萊莎的丈夫——兩人都在聽了葉卡堤琳娜的發言之後，感到有些驚訝。

「大小姐可能甚至具備兵法的知識。可不是普通的千金小姐啊。」

羅森對欽拜雷這麼說。平時寡言的他，難得會這麼說。

不過，葉卡堤琳娜的這番話並非兵法，只是上輩子在當系統工程師時，從處理系統故障的情況中有所領悟而已。話雖如此，她這個歷女也曾讀過戰記及孫子兵法等書籍，因此雖不中亦不遠矣。

加上葉卡堤琳娜在那之後，還一臉雀躍的樣子問了許多關於投石機跟十字弓的飛行距離、威力和耐久性，以及製作費用、維護費用等相關的事情，更是讓騎士團欽佩不已。對其威力感到好奇就算了，應該沒有其他千金小姐還會著眼於耐久性及維護費用吧。

「聽說大小姐在代為參拜的途中，答應領民的請願，討伐了單眼熊呢。」

諾華克也加入話題。

「獵捕到的熊送給貧困的領民，還運用魔力將田地整備好。這件事轉眼間就在領民之間傳開，現在美麗又仁慈的大小姐受到庶民愛戴的程度可是急遽攀升。」

「單眼熊……竟然還討伐了魔獸，那位溫柔的大小姐也有如此勇敢的一面啊。」

欽拜雷睜大了那雙銀色的眼睛。

「但如果是為了貧困的庶民，也就能明白了。以前與大小姐交談時也是，那份為貧困者們遭遇的苦難感同身受，既溫柔又聰明的氣質令我深深感動。盡全力支持著閣下的大小姐受到民眾喜愛，對閣下的統治也會帶來極大貢獻吧。」

後半段是對諾華克說的話。因為推測葉卡堤琳娜的善行之所以會在領地內廣為流傳，應該是諾華克刻意為之，他對這樣的做法表示認同。

「大小姐年僅十五歲。具備了令人難以想像的超齡才智，以及帶有女人味的豔麗外貌，然而仰慕兄長的模樣又是如此稚氣純真。閣下會如此重視大小姐也是無可厚非。畢竟女孩就是那麼嬌弱……」

最後一句話就像在呢喃般，諾華克忽然想起什麼事情似的，朝著欽拜雷看了一眼，便不再多說什麼了。

沒等多久，讓葉卡堤琳娜回房間休息之後，阿列克謝便現身在幹部們等候的辦公室。面對用慣的沉穩辦公桌，在伊凡拉開的皮革椅上坐下之後，阿列克謝開口說道：

「有兩件事情要轉達各位。第一，山岳神殿下了神諭。領地內的火山將在近期噴發。第二，葉卡堤琳娜在這趟旅行途中遇見了玄龍。」

所有幹部成員全都說不出話來。騎士歐雷格有向騎士團長羅森報告過關於遇見玄龍的事情，但火山噴發一事則是第一次聽到。

「那真是……真虧大小姐平安無事。」

勉強重振起精神的諾華克這麼說。

「但是，得知我們要嘗試植林之後就消聲匿跡的玄龍，為什麼又會現身在大小姐面前呢？實在令人費解。」

聽了這句話，阿列克謝不悅地說：

「那傢伙對葉卡堤琳娜求婚的樣子。」

幹部們再次無言以對。

於是阿列克謝簡短地將葉卡堤琳娜報告的事情轉述給他們知道。

「……去程遇見死神跟死亡少女，並在山岳神殿收下火山噴發的神諭，又在回程時遭遇玄龍……大小姐這趟旅程真是艱辛呢。」

如此總結後諾華克一臉疲憊地揉了揉太陽穴。

「總之，先留下一筆火山噴發時的對策預算吧。不過在規模跟時期都還不明朗的狀況下，現在也只能先確認備用金的部分而已。」

「嗯。等收到弗利翁的報告之後，再進行後續討論。」

欽拜雷這麼說，阿列克謝也點頭同意。

接著，他便轉而看向羅森。

「還有一件事。作為對策之一，我想增加騎士團的強度。」

羅森也立刻點頭。

「那是以目前的重裝備也難以應付的對手，可能需要開發新的武器。像是使用火藥提升破壞力的兵器……」

「請等一下。」

兩人談論得正熱烈時，諾華克突然出聲打斷。

「在下認為大小姐出嫁玄龍也能納入選擇之中。」

「你說這什麼話！我怎麼可能將那孩子交給那種摸不著底細的傢伙！」

阿列克謝激昂地拒絕了諾華克的建言，但諾華克不為所動。

「若是能拉攏足以與一國軍隊匹敵的存在，對尤爾諾瓦來說將是一大利處。既然讚揚其外表堪稱美貌，大小姐應該也不會感到厭惡才對。

更何況這能讓大小姐不用遠嫁他方，可以一直留在尤爾諾瓦領地生活。形式上只要將玄龍納為夫婿設立分家，給他們一座往來方便的城堡並住在其中，大家也能在觸手可及的地方保護大小姐。反之，若是與玄龍為敵，究竟會造成多重大的耗損呢？想要增強軍備將是一筆龐大的費用。就連亞歷山德菈大人耽溺於衣裝的支出與之相比，都只是一點零頭罷了。」

「……」

面對無從反駁的一席話，阿列克謝不禁語塞。

對於諾華克的最後一句話，欽拜雷深表認同。欽拜雷在現在的幹部成員之中，是繼森林農業長弗利之後的年長者，有著子爵地位的貴族且位居重鎮，但他貫徹身為財務長的職責，從來不會干涉領政。在多有手握財務之人也同時掌權的狀況中，他既是難能可貴的人才，也是受到祖父謝爾蓋所信任的人物，對阿列克謝來說，欽拜雷的見解別有分量。

「人在皇都的哈利洛稍來的信件之中，也有提及由於米海爾殿下將到尤爾諾瓦度過暑假。因此在皇都的社交圈中，認為大小姐就是繼任皇后的有力人選一事已經蔚為話題。」

「唔……」

諾華克接著這麼說，讓阿列克謝難得露出焦躁的模樣。自從皇帝康斯坦汀對他說希望能讓米海爾到尤爾諾瓦領地避暑那時，他就覺得周遭的人想必會有這樣的見解，但像這樣得知果然還是很令人火大。

皇室想迎娶葉卡提琳娜。話雖如此，倒也不是在逼他們做出選擇。對方巧妙地用尤爾諾瓦無法反抗的方式，緩緩地從外圍一一將阻撓剷平。手法確實巧妙。

「若要尊重大小姐不想嫁去皇室的意志，玄龍正是皇室也難以干預的珍貴存在。當然不是只有這一個選擇而已，只是在下認為可以將他納入考慮的對象之中。」

阿列克謝賭氣地瞥開了視線。平時那個能幹領主的表情，現在看起來就像個固執的孩子似的。

這時，不禁傳來一聲輕笑。

「抱歉，恕我失敬。不過，大小姐真是魅力非凡。竟是將人人相爭的皇后寶座，與傳說中的巨龍的求愛放在天秤上較量……簡直就像神話般的世界一樣。」

欽拜雷笑著說。

「關於婚約一事，大小姐的心意也很重要吧。既然大小姐說想一直待在閣下身邊，在還留有稚氣一面時，還是別急著做出選擇，順著大小姐自己的心意就好了……女孩子雖總有一天會出嫁，有時也是會發生意料之外的事情。現在只要不留下悔恨，並在一旁守護著大小姐就可以了……」

欽拜雷鮮少在財務以外的事情上表達自己的意見，這讓阿列克謝露出有些驚訝的表情。

諾華克本來想開口說點什麼，最後還是沉默了下來。在這當中就只有年紀最相近的諾華克知道，欽拜雷的獨生女早在一場傳染病當中喪命。當時年僅十歲的樣子。

「也是呢。一切都順著那孩子的期望。現在她說想跟我待在一起，未來要是改變心意了……到時候我也打算實現她的所有期望。」

似乎總算沉靜下心情，阿列克謝這麼說了。但他忽然接著低喃：

「因為自從見到我，還不到一年的時間，那孩子才會說想多與我相伴一段時日……第一次見到她的那一天，也是母親過世的日子。而且都是我害的……即使如此，她還是待我這麼溫柔。」

在場所有人，都無法再接話下去了。

「米海爾殿下再過不久就會抵達。同時還有火山噴發的事情要處理，接下來將會很忙，要多勞煩大家了。」

「遵命。」

阿列克謝回過神來似的這麼說，所有人也都一齊低頭。

## 騎士歐雷格的報告～或者說是旅途的小插曲～

「你剛才說什麼？」

上一刻聽到的話讓阿列克謝不敢置信地睜大了那雙螢光藍的眼睛。

「是！在下稟報。」

在阿列克謝面前站得直挺挺的騎士歐雷格，像是預料到這句話一般如此回應。

「大小姐是騎在龍背上回來，並在巨龍的背上呼喚我等，還面帶微笑地揮著手。心地善良又美麗，我等尤爾諾瓦騎士團的貴婦人，就駕馭著龍翱翔天際，可謂女神。我等親眼目睹了那副美麗如同奇蹟般的光景！」

回到尤爾諾瓦城之後，阿列克謝再次向歐雷格聽取關於葉卡提琳娜這趟旅程的報告。他留了一段充分的時間，就為了想仔細聽聞葉卡提琳娜在旅途期間發生的所有事情。

而他聽見的每一件事，都充滿了驚奇。因為葉卡提琳娜省略太多細節了。

雖然有聽說討伐單眼熊的事情，但他原以為是下令讓騎士們去執行而已。沒想到葉卡堤琳娜也有親自參與，更是大大地活躍了一番。然而得知當騎士們給熊最後一擊時令她不禁顫抖時，阿列克謝感到心疼不已。就算是魔獸，那麼溫柔的孩子想必也會心生悲憫，第一次面對死亡的瞬間更是感到害怕吧。自己真想到現場好好安慰她。

不過聽到在那之後，她與村民們相處得和樂融融的樣子，也鬆了一口氣。

「大小姐既美麗又溫柔的氣質，讓村民們很快地就由衷臣服了。」

聽歐雷格這麼說，阿列克謝便點頭如搗蒜。那是當然。接者聽聞民眾將葉卡堤琳娜誤認是公爵夫人時雖然不禁苦笑，但一點也不會覺得反感。

聽到在跟森之民借宿一晚時，葉卡堤琳娜開心地享受了戶外溫泉，讓阿列克謝顯得有些動搖。是不是也太毫無防備了。但得知六名騎士全都在四周進行警備，就連弗利都手持愛用的大劍警覺地瞪視四周時，便稍微放心了一點。

但是，阿列克謝的心情立刻急轉直下。

「……你們也在葉卡堤琳娜之後，進去泡了溫泉？」

「呃，因為大小姐有所指示……溫柔地說因為我等總是顧慮著周遭的狀況，所以希望我等可以去泡個溫泉放鬆一下。話雖如此……」

畢竟那是美麗的大小姐泡過的溫泉。

「這實在令人太過惶恐……也想過要婉拒這份美意，但弗利翁表示……」

『為了保持在萬全的狀態下保護大小姐，你們也要好好消去旅途中的疲憊。動作快點，後頭還有人在等。』

這麼說著，就將猶豫要不要泡溫泉的騎士踹了進去。

「……既然弗利翁都這麼說了，那也沒轍。」

阿列克謝的語氣帶著滿心的不悅。

室內的溫度應該沒有下降才對，但歐雷格的臉色卻不太好。

旅途期間，每當馬車停下來讓馬休息時，葉卡堤琳娜都會摘些路邊的野花，或是跟獵犬們玩耍，似乎純真地玩得很開心。想像了那惹人憐愛的模樣，阿列克謝就不禁莞爾。

「有一次大小姐想丟擲樹枝讓獵犬們去撿回來。」

「我把樹枝丟出去之後，要追過去撿回來喔。」葉卡堤琳娜對蕾吉娜牠們這樣說，便奮力地將樹枝丟了出去。

然而那根樹枝就在隔了兩步的距離，也是獵犬們的眼前輕輕落地。

「……」

蕾吉娜有些困惑地上前輕輕叼起樹枝，並遞給葉卡堤琳娜，她卻不禁用雙手摀住自己的臉，羞恥地顫抖不已。

『我也……太無力了……』

「那是當然。堂堂公爵千金，肯定不曾這樣丟過東西。我要是在她身邊，就能替她丟得遠遠了。」

「是！我等所有人也表示要替大小姐丟樹枝，最後是米娜去丟了。」

接著，一行人便遇上了玄龍。

「閣下。」

在說起這件事的原委之前，歐雷格更端正了姿勢。

「大小姐是一位令人驚訝的人物。氣質高貴又耀眼，是真正的貴婦人。」

「沒錯。這件事我比任何人都清楚。」

……要是葉卡堤琳娜聽見這番沒有任何遲疑的回答，想必會更加欽佩兄長的妹控濾鏡性能之高，但歐雷格帶著嚴肅的表情點了點頭。

「那頭巨大的玄龍現身時，大小姐起初是一臉茫然的樣子。但她立刻就回過神來，語氣莊重地要我等收回武器。接著走上前去，宛如迎接異國之王的公主一般，先是動作優雅地行了禮，便主動對玄龍開口致意。

令人懊悔的是，玄龍並非人類能匹敵的對手。認清這件事實的大小姐要我等退下，並自行上前與巨大的龍對峙。那樣溫和的大小姐，是具備了多大的勇氣……！」

「是葉卡堤琳娜主動……她確實是會這樣做的孩子，但也太危險了……」

葉卡堤琳娜說起事情的始末時，只說試著對玄龍搭個話而已。應該是不想讓人擔心吧。一回想起有魔獸在學園出現時，在擊退對方後不禁嚎啕大哭的妹妹，阿列克謝便心疼地按住胸口。

「大小姐上前致意之後，玄龍就化身人類的模樣。接著，便將大小姐帶走了。當我等要追上去救助時，大小姐說只是去跟玄龍歡談一番，並要我等在原地待命。還說這是命令。」

「那孩子……說了命令二字啊。」

平常都不是下令，而是溫柔地請託的葉卡堤琳娜。

「唯獨在保護他人時，才會這麼嚴苛……她就是個這樣的孩子。」

阿列克謝喃喃道。他淺淺地嘆了口氣，歐雷格也深感同意。

後來除了等待之外，一行人也束手無策，歐雷格他們便遵照命令在原地待命，直到目睹了乘在漆黑巨龍背上的葉卡堤琳娜歸來。

「玄龍現身時，態度無禮又自大。然而帶大小姐回來時，感覺舉止都變得鄭重其事。降落到地面之後，為了讓大小姐好好下來，甚至還有禮地垂下頸項。他說只要大小姐還在，就不會與尤爾諾瓦及皇國為敵，並說『這全都是因為想要妳』，還要大小姐好好保重自己。

那令我感到撼動不已。我等尤爾諾瓦騎士團的貴婦人，是能將那樣無敵的存在化為俘虜的人物。貴婦人是騎士該獻上愛去守護的對象。就算為了保護大小姐而必須捨棄生命，那正是我等的幸福。」

阿列克謝點了點頭。

「說得好——雖然這不能向外透漏，但我先跟你說一聲。玄龍向那孩子求婚了。也有意見指出若是拉攏強大的龍，能替我公爵家帶來利處。但是，我並不打算強迫她為了家裡結婚。只要那孩子不願意，我就不會將她交給那傢伙。

在此命令吾之騎士團勤加鍛鍊，以備足以保護尤爾諾瓦貴婦人的力量。」

「遵命！」

回答得強而有力的歐雷格，很快就將自己目睹的事情以及阿列克謝的命令在騎士團中傳開來了。原本就很受歡迎的葉卡堤琳娜更被奉為騎士團的女神，以精良強大著稱的尤爾諾瓦騎士團，也會更加進化成超乎常規的最強集團吧。

要是葉卡堤琳娜得知這件事，應該會抱頭喊著：「短時間內就在騎士團中蔓延開來的感染力……兄長大人的妹控病毒太優秀了吧——！」

當然，事情並非如此就是了。

# 後記

感謝各位閱讀至此。我是浜千鳥。

很令人感激地，本作出到第四集了。都是多虧了直到前一集都有購買的各位讀者。真的非常謝謝大家！

第四集當中，讓葉卡堤琳娜離開了兄長阿列克謝身邊，踏上「第一次跑腿」的旅程。為了到神殿參拜而在尤爾諾瓦領地內旅行，遭遇一些意料之外的事情，也邂逅了意料之外的人（之類的存在），構成至今奇幻色彩最為強烈的一集。就算相隔兩地，這對兄妹依然是妹控兄控，因此請各位讀者放心。

不，還是說應該為此擔心呢？

以八美☆わん老師的美麗插圖為首，在多方的支持之下，這部作品才能刊行至此。在此獻上我由衷的感謝。

尤其是閱讀本作的各位讀者，我更是只有訴說不盡的感謝。希望大家多少能看得盡興。

浜千鳥

## 一點都不想相親的我設下高門檻條件，結果同班同學成了婚約對象!? 1 待續

Kadokawa Fantastic Novels

作者：櫻木櫻　插畫：clear

### 從假婚約開始的純真戀愛喜劇，就此揭開序幕。

高瀨川由弦對逼他相親的祖父提出「若是金髮碧眼白皮膚的美少女就考慮看看」的高門檻要求，結果現身眼前的是同班同學雪城愛理沙？兩人基於各種考量訂下假「婚約」，並為了圓謊而共度許多甜蜜時光。此時家人卻說「想看你們親暱的照片」……！

**NT$250/HK$83**

## 熊熊勇闖異世界 1~13 待續

Kadokawa Fantastic Novels

作者：くまなの　插畫：029

**優奈將在灼熱之地，**
**展開新的沙漠冒險！**

受國王所託的優奈，為了將克拉肯的魔石送達，動身前往國境城市——迪賽特。抵達迪賽特城後，優奈在冒險者公會認識了懷有某個重大煩惱的領主女兒——卡麗娜。為了實現她的願望，優奈將挑戰魔物橫行的金字塔迷宮!?

各 NT$230~270/HK$70~83

# 聲優廣播的幕前幕後 1～2 待續

Kadokawa Fantastic Novels

作者：二月公　插畫：さばみぞれ

**「妳們兩人就這樣上吧——！」**
**即使是聲優生涯最大的危機，依舊無法停下……！**

「高中生廣播！」決定繼續播出！——才放心不久，便遭嚴謹實力派前輩聲優芽玖瑠強烈批判。但她其實在「幕後」也有祕密的一面……此外，不禮貌的視線和快門聲也追到夕陽與夜澄就讀的高中。對這樣的事態感到不耐煩的夕陽之母對兩人提出超難題——？

各 **NT$240~250/HK$80~83**

## 你喜歡的不是女兒而是我!? 1~3 待續

Kadokawa Fantastic Novels

作者：望公太　插畫：ぎうにう

**笨拙的愛情攻防戰逐漸激烈失控！**
**超純愛愛情喜劇第三彈！**

自從住在隔壁的左澤巧向我告白以來，彼此間的距離便急速拉近。沒想到女兒美羽居然向我宣戰……究竟由誰來和阿巧交往？一決勝負的舞台，是三人同行的南國之旅——泳裝對決及房間的家庭浴池。雖然不知道美羽有何意圖，但我也不能就此袖手旁觀——

各 **NT$220/HK$73**

## 轉生後的我成了英雄爸爸和精靈媽媽的女兒 1~5 待續

Kadokawa Fantastic Novels

作者：松浦　插畫：keepout

**無論遇到什麼危機，**
**只要全家人在一起就沒問題──！**

我叫艾倫，本是元素精靈，現在覺醒為掌管「死亡」的女神。話雖如此，我每天依舊過著利用前世（人類）的記憶，致力於領地的改革。王太子賈迪爾前來視察，索沃爾叔叔因此慌亂不已。而我也要盡全力應付他。畢竟，這關係到一項全新的大事業……！

各 **NT$200/HK$67**

# 戰翼的希格德莉法 Rusalka (上)(下)

Kadokawa Fantastic Novels

作者：長月達平　插畫：藤真拓哉

**「——讓我聽聽，妳的一切。」**
**飛舞於死地的少女們交織成的空戰奇幻故事，開幕！**

人類的生存受到不明的敵性存在威脅，最後希望乃是被神選上的少女「女武神」，包含才色兼備卻不知變通的軍人露莎卡。她在歐洲的最前線基地遇上開朗得不合常理卻擁有強大戰力的少女。和她相遇不僅影響露莎卡的命運，也影響了人類未來的走向……

各 **NT$240/HK$80**

## 繼母的拖油瓶是我的前女友 1~5 待續

Kadokawa Fantastic Novels

作者：紙城境介　插畫：たかやKi

**純真無悔的單相思，**
**以及再次萌芽的初戀將會如何發展──？**

自從結女在夏日祭典確定了自己的感情後，兩人變得更加在意彼此。而當暑假將近尾聲，照慣例泡在水斗房間的伊佐奈，不慎被結女母親撞見她與水斗的嬉鬧場面，在眾人眼中升級成了「現任女友」！然後，伊佐奈與水斗的傳聞，進一步傳遍新學期的高中……

各 **NT$220~250/HK$73~83**

# 刮掉鬍子的我與撿到的女高中生 1~5（完）

Kadokawa Fantastic Novels

作者：しめさば　插畫：ぶーた

**「吉田先生，能遇見你這位有鬍渣的上班族實在太好了。」**
**上班族與女高中生的同居戀愛喜劇，堂堂完結！**

吉田和沙優前往北海道，意味著稍稍延後的別離已然到來。在那之前，沙優表示「想順便經過高中」——導致她無法當個普通女高中生的事發現場。沙優終於要面對讓她不惜蹺家，一直避免正視的往事。而為了推動沙優前進，吉田爬上夜晚學校的階梯……

各 **NT$200~250/HK$67~83**

# 刮掉鬍子的我與撿到的女高中生 Each Stories

Kadokawa Fantastic Novels

作者：しめさば　插畫：ぶーた

**「沙優，話說妳果然很會做菜耶。」**
**「啊，是……是嗎？」**

從荷包蛋的吃法，吉田和沙優窺見了彼此不認識的一面；要跟意中人去看電影，三島打扮起來也特別有勁；神田忽然邀吉田到遊樂園約會……這是蹺家ＪＫ與上班族吉田的溫馨生活，以及圍繞在兩人身邊的「她們」各於日常中寫下的一頁。

**NT$220/HK$73**

## 救了想一躍而下的女高中生會發生什麼事？ 1 待續

Kadokawa Fantastic Novels

作者：岸馬きらく　插畫：黒なまこ　角色原案、漫畫：らたん

**與墜入絕望深淵的女高中生，**
**共譜暖洋洋的同居生活。**

為了維持優待生資格，結城祐介的生活只有讀書和打工。某天心中猛烈興起「想要女朋友」念頭的他，發現有個少女想從大樓屋頂一躍而下。「與其要輕生，不如當我的女朋友吧。」「咦？」在這場奇妙的相遇後，兩人展開了全新的日常與戀愛……

**NT$220/HK$73**

# 藥師少女的獨語 1~9 待續

Kadokawa Fantastic Novels

作者：日向夏　插畫：しのとうこ

**為學得一身紮實的醫術，**
**藥師少女將接受習醫資格的考驗!?**

壬氏這輩子最大膽的行動，害貓貓與他之間共有了一個祕密。為了傷勢不可外揚的壬氏，多次偷偷去看診的貓貓盡己所能地治療他。但誰也不能保證壬氏今後不會受更多的傷。礙於醫官貼身女官的曖昧立場，貓貓無法學習醫術，於是決定向羅門學醫。豈料──

各 **NT$220~260/HK$75~87**

國家圖書館出版品預行編目資料

反派千金轉職成超級兄控/浜千鳥作 ; 黛西譯. -- 初版. -- 臺北市 : 臺灣角川股份有限公司, 2022.04-

冊 ; 公分. -- (Kadokawa fantastic novels)

譯自 : 悪役令嬢、ブラコンにジョブチェンジします

ISBN 978-626-321-347-0(第4冊 : 平裝)

861.57 111001901

Kadokawa
Fantastic
Novels

# 反派千金轉職成超級兄控 4

（原著名：悪役令嬢、ブラコンにジョブチェンジします 4）

2022年4月20日 初版第1刷發行

作　者：浜千鳥
插　畫：八美☆わん
譯　者：黛西

發行人：岩崎剛人
總編輯：蔡佩芬
編　輯：邱瓈萱
美術設計：吳佳昫
印　務：李明修（主任）、張加恩（主任）、張凱棋

發行所：台灣角川股份有限公司
地　址：104台北市中山區松江路223號3樓
電　話：（02）2515-3000
傳　真：（02）2515-0033
網　址：www.kadokawa.com.tw
劃撥帳戶：台灣角川股份有限公司
劃撥帳號：19487412
法律顧問：有澤法律事務所
製　版：尚騰印刷事業有限公司
ISBN：978-626-321-347-0